Dagmar Chidolue wurde 1944 in Sensburg/
Ostpreußen geboren und lebt heute in Frankfurt
am Main. Sie zählt zu den namhaftesten Kinder-
und Jugendbuchautorinnen und wurde bereits
mehrfach, u.a. mit dem Deutschen Jugendlitera-
turpreis, ausgezeichnet.
In der Fischer Schatzinsel sind von Dagmar
Chidolue auch ›Millie in Paris‹ (Bd. 80295),
›Millie in Italien‹ (Bd. 80296), ›Millie auf
Mallorca‹ (Bd. 80297), ›Millie feiert Weihnach-
ten‹ (Bd. 80335), ›Millie in London‹ (Bd. 80366),
›Millie auf Kreta‹ (Bd. 80537), ›Millie und die
Jungs‹ (Bd. 80648), ›Millie in Berlin‹ (Bd. 80747),
›Millie in Ägypten‹ (Bd. 80939), ›Die schönsten
Erstlesegeschichten‹ (Bd. 80714) und ›44
4-Minuten-Geschichten‹ (gebunden) erschienen.

Gitte Spee wurde 1950 in Surabaya/Indonesien geboren und lebt seit ihrem 12. Lebensjahr in den Niederlanden. Sie studierte an der Gerrit Rietveld Akademie in Amsterdam und illustriert seit 1983 nicht nur holländische, sondern auch deutsche, englische und französische Kinderbücher, für die sie schon zahlreiche Preise erhalten hat.

In der Fischer Schatzinsel hat Gitte Spee auch die anderen Abenteuer von Millie und ›44 4-Minuten-Geschichten‹ illustriert.

Dagmar Chidolue

# *Millie geht zur Schule*

Mit Bildern
von Gitte Spee

Fischer Taschenbuch Verlag

Fischer Schatzinsel
www.fischerschatzinsel.de

7. Auflage: Oktober 2011

Veröffentlicht im Fischer Taschenbuch Verlag,
einem Unternehmen der S. Fischer Verlag GmbH,
Frankfurt am Main, Juni 2002

Lizenzausgabe mit freundlicher Genehmigung
des Cecilie Dressler Verlags, Hamburg
© Cecilie Dressler Verlag, Hamburg 1998
Satz: Fischer Taschenbuch Verlag
Druck und Bindung: CPI – Clausen & Bosse, Leck
Printed in Germany
ISBN 978-3-596-80367-5

*Nach den Regeln der neuen Rechtschreibung*

# Inhalt

# Ein Test
## und was nicht noch alles

Millie ist schon lange sechs Jahre alt.
Noch bevor sie im Februar sechs wurde,
hat sie nämlich eine ganze Zeit lang
einfach behauptet, sie sei schon sechs.
Das war nur ein bisschen gelogen. Denn
fünfeinhalb ist schließlich schon fast sechs.
Das letzte Jahr ist das längste Jahr in
Millies Leben gewesen. Es hat gedauert
und gedauert und gedauert. Endlich war
es so weit: Millie hatte Geburtstag und
wurde wirklich sechs! Kucki, ihre Freundin aus dem Kindergarten, ist schon vor
Millie sechs Jahre geworden. Kucki wird
sogar bald sieben! Sie ist groß und stark.
Millie ist nicht ganz so groß und nicht
ganz so stark. Aber es reicht aus.
Kucki verkloppt immer die anderen

Kinder im Kindergarten. Zum Beispiel
Bille und Mario und Mirko. Mario will
nämlich dauernd aufs Mädchenklo. Dann
haut Kucki so doll zu, dass es klatscht.
Millie traut sich das nicht. Aber ein Mal
hat sie ihrem besten Freund Gus eine
reingedonnert. Da war Gus gerade nicht
ihr bester Freund.
Millie und Kucki kommen bald in die
Schule. Sie wollen unbedingt in dieselbe
Klasse und zusammensitzen. Ob das geht?
Gus sagt, das geht nicht. Wulle sagt, es
geht.
Wulle ist auch Millies bester Freund. Er
wohnt gegenüber und nachmittags sausen
Wulle und Millie mit ihren Rädern auf der
Straße, dort, wo ganz selten Autos fahren.
Die Straße ist nämlich eine Sackgasse.
Wenn sie dort ihre Runden drehen, ist
Gus meistens auch dabei.
Gus und Wulle sind schon in der zweiten
Klasse. Und sie kommen in die dritte,
wenn Millie in der ersten Klasse anfängt.

Es gibt acht oder neun oder zehn Dinge, die passieren müssen, bevor man in die Schule gehen darf. Das Wichtigste ist der Test. Und was nicht noch alles.

Papa sagt, das Wichtigste ist Rad fahren können. Und Mama sagt, das Wichtigste sind die Zahnlücken. Man muss mindestens eine haben.

Frau Morgenroth hat wohl gedacht, das Wichtigste für die Schule ist das Federmäppchen. Sie hat Millie schon zum Geburtstag eins geschenkt.

Frau Morgenroth ist so etwas wie eine Tante von Millie, obwohl sie gar nicht verwandt sind. Sie ist eine Nachbarin und passt auf Millies kleine Schwester Trudel auf, wenn Mama und Papa wegmüssen. Und ein bisschen passt sie auch auf Millie auf. Aber nur ein bisschen!

»Das werden wir gleich mal weglegen«, hat Mama gesagt und das Mäppchen am Tag nach dem Geburtstag irgendwo verwahrt. Millie weiß gar nicht mehr

genau, wie es aussieht und was drin ist.
Jedenfalls ist es bunt. Frau Morgenroth
sagt nicht Mäppchen zu dem Feder-
mäppchen. Sie sagt Etui und spricht das
komisch aus: Etü.
Der Test ist als Zweites drangekommen.
Das mit dem Mäppchen ist die Nummer
eins gewesen.
Mama führt eine Liste über alle Dinge,
die noch bis zum Schulanfang zu
erledigen sind: Ranzen kaufen, Schultüte
basteln, Rad fahren lernen, Test bestehen,
Milchzahn. Mehr ist ihr nicht eingefallen.
Es gibt aber sicherlich noch mehr.
Schultüte füllen zum Beispiel. Mama wird
hoffentlich rechtzeitig dran denken.
Dann ist also der Test drangekommen.
Die Kindergartenkinder sind sehr
aufgeregt. Man kann nämlich auch durch-
fallen. Und wenn man durchfällt, darf
man noch nicht in die Schule. Das ist
blöd, weil alle unbedingt in die Schule
wollen.

Die ganze Kindergartengruppe marschiert
zum Test in die Schule. Die Schule ist
genau gegenüber. Man braucht nur über
den Hof zu gehen.
Und in der Schule dürfen sie sich auf die
Schulstühle setzen. Die Schulstühle sind
nur ein bisschen größer als die Kinder-
gartenstühle. Na. Immerhin.
Den Test bekommen sie von einem
Mann, der schiefe Haare auf dem Kopf
hat. Oder ist es eine Mütze aus Haaren?
Hach, was ist der Test leicht! Alles Baby!
Baby sagt man, wenn etwas pickepackeleicht ist. Zum Beispiel ist zählen Baby
und Butterbrot schmieren. Das eigene
Bett machen ist auch Baby. Aber mit der
Strickliesel stricken ist nicht Baby. Da
muss man nämlich ganz doll aufpassen,
dass sich der Faden nicht verheddert.
Überhaupt: Bis da unten am Stiel mal ein
Stück Schnur rauskommt! Da ist einem
die Lust längst vergangen.
Der Test ist auf einem Stück Papier.

Man muss Striche machen und Punkte
verbinden.
Mensch, die sind so doof, dass sie nur
halbe Zahlen auf das Blatt gemalt haben.
Haken und Kuller und Ecken und Ösen.
Mäuseohren. Eiernudeln.
Haben die gedacht, Millie merkt das
nicht? Haben die das gedacht?
Millie macht aus den Mäuseohren
Dreien und aus den Eiernudeln Zweien.
Sie kennt die Zahlen. Von eins bis
zwölf. Hinten auf dem Zettel sollen sie
ihren Namen schreiben. In großen
Buchstaben.
Meint der Mann mit der haarigen Mütze,
dass Millie ihren Namen nicht schreiben
kann? Da hat er sich aber geschnitten.
M und I und L und noch ein L und I
und E. Rauf, runter, rauf, runter und so
weiter.
Millie schreibt mit großen Buchstaben.
Mit sehr, sehr großen Buchstaben.
Mist! Millies Buchstaben sind zu groß

geworden. Am Schluss passt nur noch das
zweite I auf das Blatt.
Und was jetzt?
Wenn sie das E nicht mehr draufkriegt,
hat sie ihren Namen falsch geschrieben.
Dann ist sie durchgefallen.
Ach du liebe Zeit.
Millie schiebt sich vor lauter Aufregung
den Bleistift weit in den Mund. Sie beißt
auf dem weichen Holz herum. Das Holz
schmeckt wie Apfelbaum, gar nicht so
schlecht, und die Fasern bleiben zwischen
den Zähnen stecken.
Millie muss ganz tief nachdenken. Sie
schließt die Augen. Wenn man nichts
mehr von draußen sieht, kann man in sich
hineinschauen, auch wenn es dunkel ist.
Dann bekommt man gute Gedanken und
wenn man Glück hat, kann man einen
von den guten Gedanken einfangen.

Jetzt kann Millie die Augen wieder öffnen.
Sie hat einen guten Gedanken erwischt.

Unter dem letzten I ist noch ein wenig
Platz. Dorthin zeichnet Millie einen
kleinen Pfeil. Der Pfeil führt nach rechts
zum Rand des Blattes. Das bedeutet, dass
der Name auf der anderen Seite noch
weitergeht. Der Haarmützenmann
braucht nur den Zettel umzudrehen.
Und was sieht er dann? Neben all den
Eiernudeln und den Mäuseohren steht da
auch ein großes E. Gleich am linken
Rand, damit man weiß, dass der Anfang
auf dieser Seite eigentlich das Ende der
anderen Seite ist.
Hoffentlich kapiert er das! Und wenn
nicht? Was dann? Ist Millie dann
durchgefallen? Mannomann! Millie
muss tief Luft holen, wenn sie nur
dran denkt.
Ob sie den Test bestanden haben,
erfahren die Kinder erst ein paar Tage
später im Kindergarten.
Mario hat bestanden. Bille hat bestanden.
Kucki hat auch bestanden.

Sie werden einer nach dem anderen
aufgerufen.
»Millie?«
»Jaha?« Ihr Herz ist in die Hose
gerutscht.
Bestanden!!!
Huch! Millie merkt genau, wie das Herz
wieder hochsaust, dahin, wo es hingehört.
Da sind aber noch die anderen Dinge, an
denen man merkt, ob Millie schulreif ist.
Reif? Das hört sich an, als ob sie wie ein
roter, dickbäuchiger Apfel aussehen muss,
der jeden Moment auf den Rasen plumpst.

Millie jedenfalls sieht nicht so aus.

Kucki sieht so aus.

Aber ausgerechnet Kucki hatte es mit der Nummer drei besonders schwer. Sie hat es kaum geschafft, mit dem rechten Arm über den Kopf bis zum linken Ohrläppchen zu greifen. Das ist nämlich Nummer drei. Kucki kam immer nur bis zum Loch im Ohr. Sie hat leider Mettwurstarme.

Millies kleine Schwester Trudel kommt mit ihren Pfoten auch noch nicht an ihr Ohr. Aber bei Trudel ist das nicht so schlimm. Sie ist erst ein Jahr und acht Monate alt. Trudel geht ja noch nicht einmal in den Kindergarten. Man muss sie zu Hause aushalten.

Doch Kucki soll mit Millie zusammen in die Schule kommen.

»Das kriegen wir schon hin«, hat Millie gesagt.

»Meinst du wirklich?« Kucki hätte fast geheult.

»Wir müssen dich eben recken«, hat
Millie gesagt.
Und dann haben sie Kucki wochenlang
gereckt. Kucki auf der einen Seite und
Millie auf der anderen.
Kucki hat sich mit einer Hand an der
Türklinke vom Mädchenklo festgehalten.
Und Millie hat an Kuckis freier Hand
gezogen, so fest sie konnte.
»Aua, aua«, hat Kucki gejammert. Wenn
sie jammerte, haben sie aber sofort
aufgehört. Trotzdem hat es was genützt!
Jetzt kann Kucki bis an ihr Ohrläppchen
greifen.
Millie hat so lange Arme, dass sie sich
sogar mit der linken Hand an der rechten
Halsseite kratzen kann und mit der
rechten Hand an der linken Seite. Arm
überm Kopf! Und nicht gemogelt!
Was ist noch passiert?
Ach, die Sache mit dem Zahn!
Kucki hat schon lange zwei große Zahnlücken. Ihr Mund sieht aus wie ein

offenes Walfischmaul. Die nasse Zunge
rutscht immer raus.
Aber bei Millie hat sich noch nichts
gerührt. Sie hat die Zähne der Reihe nach
ausprobiert. Ob nicht doch endlich einer
wackelt. Wie würde sie denn aussehen,
wenn die Schule losgeht und sie den
Mund noch voller Milchzähne hat!
Schließlich, vor ungefähr vier Wochen,
hat der Zahn in der Mitte unten links zu
jucken angefangen.
»Jucken ist ein gutes Zeichen«, hat Kucki
gesagt.
Dann ist aus dem Jucken ein süßer
Schmerz geworden. Fast wie bei einem
Mückenstich, den man unbedingt auf-
kratzen muss. Und Millie hat am Zahn
geruckelt wie verrückt, erst mit der Zunge
und dann mit den Fingern.
Schließlich ist der Tag gekommen, da
begann das Zahnfleisch beim Ruckeln zu
knirschen. Jetzt kann Millie den Zahn
schon ein bisschen schief legen. Mann,

das tut vielleicht weh! Beim Zähneputzen muss sie den Wackelzahn auslassen, weil sie sonst den tiefen, süßen Schmerz nicht ertragen würde.

Mama und Papa warten auch darauf, dass der Zahn endlich rausfällt. Mama hat eine hübsche kleine Holzkiste mit einem Schiebedeckel. An den Seiten sind dicke, graue Elefanten aufgemalt. Und um die Elefanten herum ist ein Bilderrahmen in Rot gezeichnet.

In dieser hübschen Kiste ist nichts drin, nix, denn da sollen Millies Milchzähne rein.

»Dass du mir ja den Zahn mitbringst, wenn er rausgefallen ist!«, hat Mama befohlen. Sie ist ganz scharf auf Millies Milchzähne.

Dann ist der Zahn plötzlich weg. Er kann nur im Kindergarten rausgefallen sein. Denn morgens steckte er noch im Mund. Millie hat sich beim Zähneputzen

im Spiegel betrachtet. Alle noch
da!
Nachmittags im Kindergarten schreit
Kucki plötzlich los: »Du hast eine Lücke!
Du hast eine Lücke!«
Millie ist vor Schreck gleich aufs Klo
gerannt. Da sind die Spiegel extra niedrig
aufgehängt.
Tatsächlich! Eine Lücke!
Sonst ist nicht viel zu sehen. Nur ein
Loch. Kein Blut.
Und wo ist der Zahn geblieben?
Das darf doch nicht wahr sein!
Alle Kinder helfen Millie suchen. Sie
rutschen im Gruppenraum auf den Knien
herum. Sie krabbeln im Flur unter die
Garderobenregale. Dann suchen sie die
Küche ab. Da ist Frau Opelka. Sie hat beim
Aufräumen nichts gefunden. Das schwört
sie. Und Millie darf sogar in den Abfall-
eimer schauen, wo der zusammengefegte
Dreck vom ganzen Tag gelandet ist.

Nichts zu sehen.

Millies Augen werden schon feucht.

Frau Opelka nimmt Millie in den Arm.

Aber das nützt nichts. Was soll denn jetzt in die Elefantenkiste rein? Und was wird Mama sagen?

Millie hält die Tränen noch ein bisschen an. So, dass sie zwar in den Augen stehen, aber noch nicht runterkullern. Kucki und Millie laufen erst nochmal aufs Klo um in die Kloschüsseln zu schauen. Man kann ja nie wissen!

Aber da ist auch nichts zu sehen.

Schließlich sieben sie noch den Sand draußen auf dem Spielplatz mit den Plastikförmchen durch.

»Sucht ihr nach Gold?«, brüllt Mario.

»Halt bloß deinen Babbel!«, schreit Kucki zurück.

Millie und Kucki wühlen den ganzen Sandkasten durch. Aber es ist umsonst.

»Er ist verschütt gegangen«, sagt Kucki und hebt ihre Schultern hoch, als ob sie

schuld dran wäre. »Verschütt?«, fragt
Millie entsetzt.
»Futsch«, sagt Kucki und lacht verlegen.
Millie fängt doch an zu heulen. Sie
könnte den Zahn ja auch verschluckt
haben. Und was dann?
Mama bekommt einen gehörigen
Schrecken, als sie Millie abholen will
und ein verweintes Häufchen Unglück
sieht.
»Was um Himmels willen ist denn los?«,
fragt sie.
»Hier«, sagt Millie und reißt den Mund
auf.
Trudel schaut auch in Millies Mund. Sie
steckt ganz andächtig ihren Finger in die
Lücke. »Aua«, sagt sie ehrfurchtsvoll.
Na, Trudel muss ja nicht wissen, dass es
eigentlich gar nicht wehtut.
Millie heult stattdessen noch ein wenig
mehr und Mama fragt: »Hat es denn so
wehgetan?«
Da schüttelt Millie den Kopf und zieht die

Nase kräftig hoch. »Aber er ist verschütt
gegangen«, jammert sie.
»Verschütt?«, fragt Mama. »Was meinst du
damit?«
»Futsch«, sagt Millie.
»Ach«, sagt Mama. »Das ist doch nicht so
schlimm.«
»Und was tust du jetzt in die
Elefantenkiste?«, will Millie wissen.
»Wir warten einfach auf den nächsten
Zahn«, sagt Mama.
Und noch zehn Tage bis zum Schul-
anfang.

# Hier kommt Millie

»Bis du in die Schule kommst, musst du noch ein Schullied lernen«, sagt Gus. Er und Wulle fahren auf der Straße mit ihren Rädern eine Runde nach der anderen.

»Stimmt's, Wulle?«

»Jaha«, sagt Wulle.

»Was für'n Lied?«, fragt Millie. »Ich kenne tausend Lieder.«

»Aber kennst du auch ein Schullied?«, fragt Gus.

Millie sitzt auf ihrem Rad. Das ist schon fast ein richtig großes Fahrrad, aber es hat noch zwei Stützräder an den Seiten montiert. Papa hat zwar versprochen, Millie das Radfahren richtig beizubringen, aber abends stöhnt er immer, dass er keine Zeit hat. Millie findet sowieso, dass Rad fahren mit Stützrädern viel bequemer ist. Man kann sich ganz schlapp draufsetzen und knallt trotzdem nicht hin. Und das Rad bleibt stehen, auch wenn man drauf rumhampelt.

»Was für'n Schullied?«, fragt Millie wieder. Sie ist misstrauisch. Gus ist nämlich eine Pflaume. Nee, das stimmt nicht. Wulle ist eine Pflaume und Gus ist ein richtiger Blödmann. Wenigstens manchmal. Man weiß nie genau, wann er ein Blödmann ist und wann nicht.

Gus stoppt sein Rad genau vor Millie.

»Oder du musst ein Schulgedicht auswendig können«, sagt er. »Stimmt's, Wulle?«

»Jaha«, sagt Wulle. Weil er meistens das sagt, was Gus hören will, ist Wulle eine Pflaume. Wenn Gus nicht in der Nähe ist, kann man gut mit Wulle spielen. Dann ist er der beste Freund.

»Was für'n Gedicht?«, fragt Millie.

»Zum Beispiel …«, sagt Gus. »Zum

Beispiel … Jedes Backhuhn war einmal ein
Kackhuhn.«
Wulle prustet laut los vor Lachen.
Millie zieht die Nase kraus. »Das ist doch
kein Gedicht!«, ruft sie.
»Was denn sonst?«, brüllt Gus. »Alles, was
sich reimt, ist ein Gedicht. So was lernst
du in der Schule. Oder was meinst du,
was ein Gedicht ist?«
»Wind, Wind, blase«, sagt Millie auf.
»Dem Bäumchen um die Nase.«
»Pah«, sagt Gus. »Das ist doch Baby!
Wenn du in die Schule gehen willst,
dann musst du ganz andere Sachen
können.«
»Jedes Backhuhn war einmal ein
Kackhuhn«, sagt Wulle und Gus fährt
fort: »Und in der Brotdose lag schon mal
die …«
Das letzte Wort flüstert er Wulle ins Ohr.
Dabei hat er sich extra von Millie
abgewendet. Wulle lacht sich schief und
Gus dreht sich wieder zu Millie um.

»Das darfst du nicht hören«, sagt er. »Das ist nichts für kleine Kinder.«

»Selber klein«, sagt Millie und tritt ihr Fahrrad an.

»Aber sie könnte doch die blauen Berge aufsagen«, schlägt Wulle vor.

»Au ja«, sagt Gus. »Von den blauen Bergen kommen wir. Unser Lehrer ist genauso doof wie wir. Mit der Brille auf der Nase sieht er aus wie'n Osterhase. Von den blauen Bergen kommen wir.«

Fein! Das lernt Millie sofort.

Jetzt radeln sie zu dritt in der Runde und singen lauthals Von den blauen Bergen kommen wir. Was man für die Schule alles lernen kann!

Abends fällt Papa wieder ein, dass Millie unbedingt noch richtig Rad fahren können muss, bevor sie in die Schule kommt.
Es ist ein schöner, warmer Abend. Nur ab und zu gibt es einen Windhusch, dass man mit den Lidern flattern muss. Papa und Millie fahren auf ihren Rädern raus aus der Siedlung. An Millies Rad sind natürlich noch die Stützen befestigt. Sie kann auf dem Sattel hin und her ruscheln, so viel sie will.
Dort, wo der Feldweg anfängt, steigt Papa ab und löst die Stützen von Millies Rad. Millie hatte schon gehofft, dass Papa sein Werkzeug vergessen hat. Ihr ist mulmig zumute. Eigentlich war sie bis jetzt ganz zufrieden mit ihren Radfahrkünsten.

Papa hält ihr das Rad hin.

»So, Millie«, sagt er. »Jetzt steig mal auf.«

»Eigentlich will ich lieber Dreirad fahren«, sagt Millie. Ihr ist ganz heulerisch zumute.

»Dreirad?«, fragt Papa und runzelt die Stirn. »Mensch, Millie, mach doch kein Theater. Trudel fährt bald Dreirad. Und du kannst doch schon Rad fahren. Stell dich mal nicht so an. Hopp, hopp. Rauf und los.«

Millie schnüffelt mit der Nase. Die ist feucht. Das Wasser ist von selbst reingekommen. Und jetzt läuft ein Bächlein raus. Dafür kann man nichts. Das geht von ganz allein.

Nun hängen die Tropfen an der Nasenspitze.

Millie weiß, dass Papa so etwas gar nicht leiden kann. Und weil sie das weiß, wird es schlimmer. Sie muss schniefen und schnaufen und wischt die Nase mit dem Handrücken ab. Dann zieht sie noch einmal kräftig die Luft ein. Es gibt ein

schnarchendes Geräusch, so laut, dass
Papa ganz komisch guckt.
Dann hebt Millie ein Bein über das
Fahrrad und stellt den rechten Fuß auf
das Pedal.
Papa hält das Rad. Millie hievt sich hoch
und pflanzt sich auf den Sattel. Jetzt zieht
sie den anderen Fuß nach und lässt ihn
auf dem linken Pedal nieder.
Hoffentlich hält Papa fest.
»Los!«, sagt er.
»Hältst du mich auch fest?«, fragt Millie
mit dünner Stimme und sieht Papa noch
einmal an.
Papa antwortet nicht. Er schaut geradeaus
den Feldweg entlang.
Er schiebt Millie an.
Millie tritt in die Pedale. Rechts und links
und rechts und links.
Das Fahrrad wackelt. Rechts und
links und rechts und links. Es ist ein
ganz anderes Gefühl als das Fahren
mit den Stützrädern. Es ist so, als

hätte sie noch nie auf dem Fahrrad gesessen.

Das Rad wackelt und schlittert und schlenkert und es schlägt mit dem Lenker aus, rechts und links und rechts und links, und es fährt, wohin es will, nämlich auf den Wiesenrand zu. Dann will das Fahrrad nicht mehr. Es kippt und kippt und kippt. Millie kann gerade noch rechtzeitig abspringen.

Das Rad ist auf die Wiese gefallen.

Millie zieht ein grimmiges Gesicht.

»Mensch, Papa!«, brüllt sie und blickt sich wütend um, weil Papa ein Stück hinter ihr geblieben ist und sie nicht festgehalten hat. Er ist schuld, dass Millie fast auf die Nase gefallen wäre. »Bist du blöd?« Papa ist näher gekommen. »Aufsteigen!«, sagt er. »Weiter, Millie!«

Das wird Millie auf keinen Fall tun. Sie schaut Papa mit zusammengekniffenen Lippen an.

Aber Papa lässt sich nicht beirren.

Millie hat gewusst, dass es nicht klappen würde. Sie kann so was nicht lernen. Und Papa muss das begreifen. Aber ganz tief innen drin weiß Millie, dass Papa selten versteht, was Millie will. Sie weiß, dass er immer seinen Dickkopf durchsetzen muss.
»Was ist, Millie?«, fragt Papa. Als ob er nicht wüsste, was los ist.
Jetzt wird Papas Stimme schon ein bisschen schärfer. Ein wenig ungeduldiger.
»Heb das Fahrrad auf!«, fordert er Millie auf.
Millie bückt sich und richtet das Rad auf. Aber sie muss ausprobieren, ob sie Papa nicht doch kleinkriegen kann. Sie bleibt einfach stur und rührt sich nicht. Papa sagt nichts. Aber Millie weiß, was er denkt.
Ist ihr doch egal!
Sie knallt ihm das Rad vor die Füße.
Dann stemmt sie die Hände in die Hüften und dreht sich um, weg von Papa.
»Aufsteigen!«, sagt Papa noch einmal.

Nein!

»Millie!«

Millie hört nicht hin. Sie kann Papa nicht leiden. Sie will nach Hause oder weit weg von hier. Außerdem kann sie ja gar nicht mehr Fahrrad fahren, auch wenn sie könnte. Sie kann nämlich gar nichts mehr sehen. Vor ihren Augen ist es wie im tiefen, tiefen Meer. Nur Wasser.

»Millie!«, sagt Papa. Er hört sich an wie ein hungriger Tiger.

Gegen einen hungrigen Tiger ist man machtlos. Millie hat ihre Erfahrungen mit Papa gemacht. Sie weiß, dass er noch sturer sein kann als Millie.

Also hebt sie das Fahrrad mit Schwung auf und schiebt es scheppernd zurück auf den Feldweg.

Ein Gutes hatte es, dass sie sich bücken musste um das Rad aufzuheben. Das Wasser vor den Augen ist runtergetropft. Nun also nochmal das Ganze. Ein Bein

rüber. Warten, dass Papa kommt und sie
festhält. Aufsteigen und Popo auf den
Sattel quetschen. Das andere Bein auf das
Pedal. Und dann treten, treten, treten.
Millie merkt, dass Papa mitläuft. Sie sieht
ihn nicht, aber sie hört seine Schritte.
Tatumm, tatumm, tatumm.
Millie tritt heftig in die Pedale. Das hat
Papa nun davon. Dem wird sie's zeigen.
Papa soll schön ins Schwitzen kommen.
Wenn er auch so fies zu Millie ist!

Tatumm, tatumm, tatumm.

Millie trampelt, als ob es um ihr Leben ginge.

Tatumm, tatumm, tatumm.

Das ist ihr Herz, das so heftig schlägt.

Das Rad zischt über den Feldweg wie ein geölter Blitz. Die Kette surrt und singt. Die Glocke bimmelt.

Achtung! Hier kommt Millie!

Millie fährt so schnell und so weit, wie sie kann. Es gibt niemanden, der ihr entgegenkommt. Und wenn einer käme, dann würde sie rufen: Bahn frei!

Sie hört erst auf zu treten, als ein Hund bellt. Der ist da vorne auf dem Bauernhof zu Hause.

Lieber Abstand halten.

Ja, jetzt reicht es. Papa wird sicherlich auch ganz aus der Puste sein.

Millie springt ab. Mit beiden Beinen gleichzeitig. Ein Fuß rechts und ein Fuß links. In der Mitte das Fahrradgestell. Der Sand unter den Füßen spritzt auf. Und

der Sattel haut Millie ein bisschen in
den Rücken. Aber das Rad kommt zum
Stehen.
Sie hält es mit beiden Händen fest.
Und ist außer Atem. Muss Papa auch so
keuchen? Der ist doch bestimmt fix und
fertig, so wie Millie ihn durch die Gegend
gehetzt hat.
Sie sieht sich um.
Papa?
Papa ist gar nicht mitgekommen. Papa
ist dahinten geblieben, kilometerweit
weg.
Millie atmet heftig mit offenem Mund.
Heißt das, sie ist alleine gefahren? Heißt
das, sie kann jetzt richtig Rad fahren?
Richtig?
Papa kommt langsam näher und Millie
kann gar nicht anders: Sie strahlt über das
ganze Gesicht.
Papa strahlt auch. Er hat wohl schon
vergessen, dass er eben noch ein
hungriger Tiger war und dass Millie so

wütend auf ihn war. Ja, besser, er vergisst das alles.

Jetzt ist alles gut. Und Millie weiß natürlich, was Papa denkt. Sie kann Gedanken lesen. Na siehste, denkt Papa. Das steht ihm im Gesicht geschrieben.

Jetzt, als Millie wieder aufs Rad steigen muss, ist alle Angst wie weggeblasen. Papa braucht sie nur einen kurzen Moment lang zu halten und dann geht alles von allein. Millie kann sogar Rücksicht auf Papa nehmen. Sie braucht nicht mehr so schnell zu flitzen. Papa trabt neben ihr her wie ein altes Pony.

Zu Hause stehen Mama und Trudel oben am Fenster. Von dort aus können sie das Ende der Straße sehen und auch den Anfang vom Feldweg an der Mäusewiese. Mama und Trudel haben sich wohl schon Sorgen gemacht, weil Papa und Millie so lange weggeblieben sind.

Hier kommen sie!

Hurra!

Millie fährt hinter dem Haus in der
Sackgasse noch eine Ehrenrunde. Mit
einem Auge schaut sie auf die Fahrbahn
und mit dem anderen hoch zum Fenster,
wo Trudel bestimmt voller Bewunderung
auf Millie runterschaut.
Ja, glotz ruhig, Trudel. Haste das
gedacht?
Hoppla. Millie ist dem Bürgersteig sehr
nahe gekommen. Die Reifen schurren am
Bordstein entlang. Oh, oh, oh. Knallt sie
jetzt auf die Schnauze?

Gerade noch rechtzeitig taucht die
Einfahrt zu Wulles Haus auf. Nochmal
Glück gehabt!
Millie biegt in die Einfahrt ein und fährt
dann ein Stück auf dem Bürgersteig.
Aber wie geht es wieder runter?
Rummsdabummsda.
Nix passiert!
Und damit es wieder ein Kreis wird,
prescht Millie noch einmal bis zum
Anfang des Feldweges zurück. Da ist ein
Sandloch am Rand der Mäusewiese. Im
Sandloch liegt haufenweise Müllemahle.
Weißgelber Sand. So fein wie Staub.
Millie fährt genau auf das Sandloch zu.
Das wollte sie gar nicht. Sie rast mitten in
die Kuhle. Treten, treten, treten. Aber das
Fahrrad rührt sich nicht. Es steht einen
Moment lang ganz still, wie von einer
unsichtbaren Hand gehalten.
Jetzt legt sich das Fahrrad ganz langsam
auf die Seite.
Und Millie?

Millie legt sich auch auf die Seite und
landet mit der Schnute voll im gelben
Sand.
Papa hat es gesehen.
Mama hat es gesehen.
Trudel hat es gesehen.
O wie peinlich!
Bloß schnell aufstehen und wieder rauf
aufs Rad. Ist doch pickepackeleicht.
Die Wurst zum Abendbrot ist keine
Leberwurst und keine Plockwurst und
keine Schinkenwurst.
Nur Sand-, Sand-, Sandwurst.
Und noch fünf Tage bis zum Schulanfang.

# Das Geschenk

So bunt wie Millies Mäppchen, das Mama
aus der Versenkung geholt hat, ist auch
Millies Schulranzen. Er trägt alle Farben
der Welt auf seinem Bauch und an den
Seitenteilen: Rot, Orange, Lila, Pink,
Grün und Gelb. Wenn man genau
hinsieht, dann ist es ein Rüschenkleid-
Rot, ein Pritzellimonaden-Orange,
ein Teufelsspucke-Blumen-Lila, ein
Usambaraveilchen-Pink, ein Filiziusapfel-
Grün und ein Hochzeitsring-Gelb. Ein
bisschen Silber ist auch dabei. Papa sagt,
die Tropfnasen an den Seiten sind grau.
Stimmt nicht! Sie sind Elfenturm-Silber.
Hach, so heißt der ja gar nicht. Der heißt
doch Eiffelturm.
Also, die Rotznasen sind silbern wie der

Eiffelturm in Paris. Der, den Millie aus
Frankreich als Andenken mitgebracht hat.
Der echte Turm in Paris ist schon etwas
gammelig. Er hat eine komische Farbe.
Apfelstrunk-Rot-Braun-Grau-Schwarz.
Auf Millies Ranzen kann man sitzen. Das
ist sehr wichtig. Falls sie nicht genügend
Stühle in der Schule haben.
Millie weiß genau, was in der Schule alles
passieren wird. Dass man Rechnen lernt
und Schreiben und Strickliesel-Stricken.
Auch noch Handstand. Millie kann schon
Kopfstand, doch beim Handstand hat sie
Angst, dass sie zusammenkracht. Aber
Millie kann schon lange schwimmen. Und
nun kann sie sogar Rad fahren!!! Und der
zweite Zahn im Mund wackelt. Der unten
in der Mitte rechts.
Und was sie noch kann? Gedichte machen.
»In der Schule musst du Gedichte
aufsagen«, erklärt Millie der kleinen
Schwester. »Soll ich mal ein Gedicht
machen, Trudel?«

»Ja«, sagt Trudel und stützt sich mit den
Ellenbogen auf Millies Beine. Sie schaut
Millie erwartungsvoll an. Wenn Trudel
neugierig ist, dann sind ihre Augen groß
und spiegeln die Welt wie ein Badesee.
»Pass auf, Trudel«, beginnt Millie.
*»Wenn ich in die Schule geh, stoß ich mich
am großen Zeh. Im Wald da läuft ein
kleines Reh und manchmal schneit es
weißen Schnee.* Soll ich weitermachen?«
»Ja«, sagt Trudel.
*»Am Berg dort drüben liegt ein See. Mein
Zahn ist futsch und tut nicht weh.«*
Puh, das war ganz schön anstrengend.
»Das war gut, Trudel, nicht wahr?«
»Ja«, sagt Trudel, richtet sich auf und
klatscht in die Hände. Millie kennt noch
ein Gedicht. Gedichte sind Wörter, die
wie Perlen auf Schnüren aneinander
gereiht sind. Die letzte Perle auf einer
Schnur muss sich immer genauso anhören
wie die letzte Perle auf einer anderen
Schnur. Das nennt man reimen.

Millies zweites Gedicht, das sie selber gemacht hat, hört mit fassen, lassen und hassen auf: *Ich möchte am liebsten in Kuchenteig fassen, aber Mama sagt immer, ich soll das lassen. Ich schaff es nur nicht, den Teig so zu hassen.* Das ist schon ein sehr schwieriges Gedicht, jaha.

Millie hat auch versucht ein Gedicht mit Schule zu reimen. Aber das hat nicht geklappt. Was reimt sich denn auf *Schule*? *Pule*? Das gibt es nicht. Höchstens *Jule*.

Das wäre aber ein kurzes Gedicht: *In die Schule geht die Jule.* Das ist blöd. Genauso blöd wie: *Millie, geh doch schnell zu Bett, denn das wäre schrecklich nett.*
Millie ist also gut vorbereitet auf die Schule. Sie hat sogar schon eine riesige Schultüte. Die hat sie im Kindergarten selbst gebastelt. Sie hat dazu Pappe und Filz geschnitten, gerollt, geklebt und verziert. Oben kann man die Tüte zumachen, wenn man die Schnur, die durch das Krepppapier gezogen ist, zur Schleife bindet. Millie hat auch eine kleine Schultüte für Trudel gebastelt.
Millies Tüte ist rot und in der Mitte ist ein Reh aufgeklebt. Trudels Tüte ist blau mit nichts drauf.
Frau Opelka aus dem Kindergarten hat allen Kindern erzählt, dass Schultüten ungesund sind. Nicht die Tüten! Aber was drinnen ist. Weil die meisten Kinder lauter Süßigkeiten zum Schulanfang geschenkt

bekommen. Schlecht für die Zähne und
schlecht für den Bauch.
»Wir wollen vernünftig sein«, hat Frau
Opelka gesagt.
Alle Kinder haben genickt.
Dann hat Frau Opelka das Gleiche
nochmal den Eltern erzählt. »Wir wollen
vernünftig sein.«
Die Eltern haben auch genickt und
beschlossen, dass die schönen Schultüten
nur für zu Hause sein sollen. Und keine
Süßigkeiten reintun! Nur Nützliches:
Bleistiftspitzer, Taschentuch, vielleicht eine
Leselupe und ein Radiergummi mit
Herzchen drauf. Ein paar Baumwoll-
söckchen. Und Gesundes darf hinein:
ein Filiziusapfel, eine Mohrrübe und
höchstens, aber allerhöchstens eine
Milchschnitte.
Die Eltern haben »jaja« gesagt.
Schade.
Millie will wenigstens etwas Schönes in
Trudels Schultüte stecken. Trudel ist ja

noch nicht so vernünftig wie Millie. Es ist
schwer, sich was Schönes auszudenken.
Ob Gus und Wulle etwas einfällt?
Wulle sagt: »Ich schenke meiner Mama
immer ein selbst gemaltes Bild.«
Sie stehen draußen zwischen Straße und
Feldweg. Millie stößt mit ihrer Fußspitze
in die Müllemahle vom Sandloch, sodass
es ordentlich staubt.
»Ein Bild ist doof«, sagt Gus.
Das findet Millie auch. »Trudel ist doch
nicht meine Mama«, sagt sie. »Mamas
freuen sich über allen Schiet. Ich brauche
aber ein Geschenk für meine Schwester!
Verstanden?«
»Wenn du einmal mit mir Hase und Igel
spielst, dann besorg ich dir ein Geschenk«,
sagt Gus.
Millie spielt nicht gern Hase und Igel. Sie
verliert immer dabei. Aber Hase und Igel
spielen ist immer noch besser als am
Sandloch zu stehen und nicht zu wissen,
was man machen soll.

»Was ist es denn für ein Geschenk?«, fragt
Millie.
»Tust du's oder tust du's nicht?«, fragt
Gus.
»Was?«
»Hase und Igel mit mir spielen«, sagt Gus.
»Na gut«, sagt Millie. »Ich tu's.«
»Moment mal«, sagt Gus und läuft über
die Straße ins Haus. Es ist gut, dass in
ihrer Siedlung kaum Autos fahren.
Deshalb dürfen sie auch auf der Straße
spielen. Wenn einem was einfällt!
»Ich spiele auch gern Hase und Igel«,
sagt Wulle.
»Ich nicht«, sagt Millie.
Da ist Gus schon zurück. »Hier«, sagt er
und streckt Millie die Hand entgegen.
Auf seiner Handfläche liegt ein Ring.
Bestimmt echt. Aus Silber. Wie der
Eiffelturm. Und auf dem Ring sind
Diamanten und Brillanten.
»Was kostet der?«, fragt Millie.
»Fünf Mark«, sagt Gus.

»Ganz schön teuer«, sagt Millie.

»So viel kostet der aber«, sagt Gus.

»Ich hab nicht so viel Geld«, sagt Millie.

»Hol dir doch was von deiner Mama«,
sagt Gus.

Das ist eine gute Idee.

Gus steckt den Ring in seine
Hosentasche. »Erst das Geld und dann
die Ware«, sagt er.

Millie rennt durch den Garten ins Haus.
Die Tür hinten ist immer auf, wenn Millie
draußen spielt.

»Gibst du mir fünf Mark, Mama?«, fragt
Millie.

»Wofür?«

Das darf Millie nicht sagen. Geschenke
sind doch Überraschungen.

»Gibst du sie mir?«

Mama guckt Millie nur stumm an.

»Für ein Geschenk für Trudel«, sagt
Millie schließlich. »Oder … zwei Mark?«

Mama gibt Millie zwei Mark.

Papa gibt Millie auch zwei Mark. Und von

draußen kommt gerade Frau Morgenroth.
Sie will Mama besuchen. Und Trudel auf
den Arm nehmen. Das macht sie nämlich
gern. Millie ist für Frau Morgenroth zu
schwer. Zum Glück. Für Papa ist Millie
nicht zu schwer. Auch zum Glück.
Das Beste an Frau Morgenroth ist ihr
Hund King. Er ist ein Hopsasa-Hund.
Millie streichelt King wie verrückt. Er ist
noch ein junger Hund und springt an
Millie hoch, als ob sie sich hundert Jahre
nicht gesehen hätten.
Jetzt gibt Millie Frau Morgenroth die
Hand.
»Hast du zwei Mark, Frau Morgenroth?«,
fragt sie.
»Wofür denn, Kindchen?«
Das darf Millie doch nicht sagen.
»Ich hab immer so’n Hunger«, sagt sie.
Was Besseres fällt ihr nicht ein.
Frau Morgenroth ist ganz erschrocken.
»Kriegst du denn nicht genug zu essen?«,
fragt sie.

»Doch, doch«, sagt Millie. »Aber nicht
genug Gummibärchen. Hast du zwei
Mark, Frau Morgenroth?«
Frau Morgenroth kramt in ihrem
Portemonnaie. Sie gibt Millie einen
Groschen. Für einen Groschen kriegt man
nicht viel. Das weiß Millie.
»Hast du nicht zwei Mark, Frau Morgen-
roth?«, fragt sie wieder.
Frau Morgenroth gibt Millie noch einen
Groschen.
Zwei Groschen sind nicht zwei Mark.
Aber Millie weiß nicht, was sie noch sagen
soll, damit Frau Morgenroth ihr mehr
gibt. Und vielleicht ist Gus auch damit
schon zufrieden.
Nun rennt Millie zurück durch den
Garten.
Gus und Wulle haben am Sandloch
gewartet.
»Hast du das Geld?«, fragt Gus.
Millie streckt die Hand mit den Münzen
aus. »Hier«, sagt sie.

»Das reicht nicht«, sagt Gus und schaut
auf Millies Hand.
Millie rührt sich nicht.
»Vier Mark zwanzig«, sagt Gus. Er blickt
Wulle an und dann legt er den Kopf in
den Nacken und lacht laut los. »Die kann
noch nicht mal rechnen«, sagt er.
Ja, wie denn auch? Das lernt man doch
erst in der Schule!
»Mehr hab ich nicht«, sagt Millie.
»Na gut«, meint Gus. »Gib her.«
»Erst den Ring«, sagt Millie.
»Erst das Geld und dann die Ware«, sagt
Gus schon wieder. Dann stopft er sich die
Münzen in die Hosentasche. Jetzt rückt
er auch den Ring raus. Millie hält ihn
dicht vor die Augen. Was für ein tolles
Geschenk!
Sie muss den Ring zu Hause verstecken.
Die Schultüten werden nämlich erst am
Abend vor dem ersten Schultag gefüllt.
Wo soll der Ring denn hin? In die Ohren-
stäbchendose? In den Waschhandschuh?

Nein. Millies spanische Puppe Miss
Mandarella bekommt ihn als Armband.
Sie trägt sowieso Spitzen und Rüschen
und Ketten und Glitzerzeug. Da fallen
Diamanten und Brillanten gar nicht auf.
Ach, wie Trudel sich freuen wird!
Aber abends kommt was dazwischen.
Abends kommt die Mama von Gus.
Gus hat nämlich alles verraten. Gus ist
doof.
Die Mama will ihren Ring wiederhaben.
»Er ist echt«, sagt sie und sieht furchtbar
traurig aus.
Millie hat es doch gewusst: Silber mit
Diamanten und Brillanten.
»Was machst du bloß für Dummheiten?«,
fragt Mama.
»Ich hab ihn doch gekauft«, sagt Millie.
»Du musst den Ring wieder zurück-
geben«, sagt Mama.
Millie ist furchtbar traurig. Aber es hilft
nichts.
Wo hat sie den Ring denn hingetan? In

die Ohrenstäbchendose? Oder in den
Waschhandschuh?
Ach nein.
Ob sie den Ring überhaupt wiederfinden
wird? Ach ja. Miss Mandarella trägt ihn
am Arm. Und die Mama von Gus sieht
mit einem Mal wieder sehr glücklich aus.
Millie will von Gus ihr Geld wiederhaben.
Sie begleitet Gus' Mama nach Hause.
Gus sitzt in seinem Zimmer auf dem
Fußboden und baut ein riesiges Lego-
Flugzeug.

Millie hält die Hand auf. »Geld her«, sagt sie.

»Hab ich nicht mehr«, sagt Gus.

»Wo hast du es denn hingetan?«, fragt Millie.

»Ich hab mir Gummibärchen gekauft«, sagt Gus.

»Dann gib mir die Gummibärchen«, schlägt Millie vor.

»Hab ich nicht mehr.«

»Wo hast du sie denn hingetan?«

»Hier«, sagt Gus und öffnet den Mund so weit, dass Millie hinten im Rachen sein Zäpfchen bibbern sieht. Dann schließt er den Mund wieder. »Und Wulle hat die Hälfte abbekommen«, sagt er.

Millie muss nachdenken. Sie wird sich für Trudel ein neues Geschenk ausdenken müssen. Und für Gus eine schlimme Strafe. Aber ganz schnell.

»Krieg ich mein Geld oder krieg ich es nicht?«, fragt sie noch einmal. Sie hat ihre Stimme extra tief gemacht.

Gus sagt: »Kriegst du nicht.«
Millie weiß nicht mehr weiter.
Gut, dass sich die Mama von Gus
einmischt. »Kriegst du doch, Millie«,
sagt sie. Sie kramt in ihrer Geld-
börse.
»Fünf Mark«, sagt Millie und hält die
Hand auf.
»Gus bekommt kein Taschengeld im
nächsten Monat«, sagt die Mama von
Gus. »Das kommt genau hin.«
»Es waren gar nicht fünf Mark«, sagt Gus,
aber keiner hört zu.
»Und was ist mit Strafe?«, fragt Millie.
»Lass mich überlegen«, sagt die Mama
von Gus. »Er hat dich tüchtig reingelegt.
Das muss er wiedergutmachen. Such dir
was von seinen Spielsachen aus.«
»Das darf sie nicht«, sagt Gus. »Wenn
sie was anfasst, dann hau ich ihr eine
rein.«
»Tust du nicht«, sagt seine Mama.
»Tu ich doch«, sagt Gus.

»Probier's mal«, sagt seine Mama. »Los,
Millie, such dir was aus.«
Millie ist ein bisschen scharf auf die
Kassette von Winnie Wonneproppen.
Obwohl sie keinen Kassettenrekorder hat.
Und sie ist ein bisschen scharf auf sein
Miniklickerspiel.
Und ganz doll scharf ist Millie auf sein
Kaleidoskop. Wenn man in die Röhre
schaut, sieht man den Palast der Eis-
königin oder die Milchstraße oder den
Petersdom von Rom. Das Kaleidoskop ist
etwas kaputt, aber das macht nichts.
Millie nimmt sich das Kaleidoskop.
Gus schnauft, aber er haut Millie keine
rein.
Gus hat Angst vor seiner Mama.
»Und jetzt gebt euch die Hand und
vertragt euch«, sagt die Mama von Gus.
Das ist das Schlimmste an der ganzen
Geschichte. Gus will nicht so richtig und
Millie eigentlich auch nicht.
Sie geben sich trotzdem die Hand.

Gus sagt: »Lässt du mich manchmal durch
das Kaleidoskop gucken?«
»Wenn du lieb bist«, sagt Millie.
Gus ist zwar Millies bester Freund, aber
manchmal ist er ekelhaft. Sie möchte ihn
nicht als Bruder haben. Lieber den Teufel.
Oder Trudel als Schwester. Die ist
tausendmal besser. Und noch zwei Tage
bis zum Schulanfang.

# Finger weg!

»Heute beginnt der Ernst des Lebens«,
sagt Papa, bevor er ins Büro geht und
Millie zum Abschied einen Kuss auf die
Stirn knallt. Leider hat Papa eine
Konferenz. Die soll noch wichtiger sein als
der Schulanfang. Das ist vielleicht blöd!
»Heute beginnt der Ernst des Lebens«,
sagt auch Frau Morgenroth, als sie kommt
um auf Trudel aufzupassen.
Heute fängt die Schule an!
Millie hat ihre besten Sachen angezogen:
die hellblaue Hose mit den drei Taschen.
Zwei sitzen an den Seiten und eine ist
hinten über der rechten Pobacke auf-
genäht. Und sie trägt das bunt geringelte
T-Shirt und die roten Sandalen.
»Und wo ist deine Zuckertüte?«, fragt

Frau Morgenroth, als Millie mit Mama
losgehen will.
»Zuckertüte?«, sagt Millie entrüstet. »Das
ist eine Schultüte, aber nur für zu Hause,
und da darf nichts Süßes rein.«
Mama zwinkert Frau Morgenroth zu. »Wir
wollen doch vernünftig sein«, sagt sie.
»Ach, so ist das«, sagt Frau Morgenroth
mit trauriger Stimme. »Und was ist in
deiner vernünftigen Tüte drin, Millie?«
»Söckchen«, sagt Millie und hebt ein Bein
hoch, damit Frau Morgenroth die schnee-
weißen Strümpfe betrachten kann.
»Tudelausöcken«, sagt Trudel und hält
sich an Millie fest, damit sie nicht um-
kippt. Sie streckt ihr Beinchen ebenfalls
Frau Morgenroth entgegen.
»Soso«, sagt Frau Morgenroth. »Und das
ist alles?«
Nein, nein. In der Schultüte waren ja
noch andere Sachen drin. Anspitzer und
Radiergummi mit Herzchen und Filiziusapfel. Und so was alles.

Frau Morgenroth rümpft die Nase. »Dass du so schnell erwachsen wirst, Millie«, sagt sie, als ob Großsein was Schlimmes wäre. »Und so vernünftig!«
Millie rennt nochmal schnell aufs Klo, denn es ist ein fürchterlich aufregender Tag. Wenn es aufregend ist, muss Millie in einer Tour.
Auf dem Weg zur Schule kommen sie auch am Kindergarten vorbei. Frau Opelka und die Kleinen stehen am Fenster und winken. Millie winkt nicht zurück. Sie guckt bloß hin und lächelt. Ob sie auch alle den riesengroßen Ranzen auf ihrem Rücken sehen? Wenn Millie hüpft, rappelt und klappert es innen drin. Sie hat ja noch nicht viel eingepackt. Und eigentlich hüpft sie ja auch nicht. Sie ist ja vernünftig. Auf dem Schulhof sieht es aus, als ob die ganze Stadt zusammen-gekommen ist. So viele Gesichter und nicht eins, das Millie bekannt vorkommt. Wo ist Kucki?

Wo ist Bille?

Wo ist Mario?

Millie hält Mamas Hand ganz fest, damit
Mama nicht verloren geht.

Da vorne! Auf der Treppe zum Schuleingang! Da steht Kucki!

Millie zieht kräftig an Mamas Hand.

»Kucki!«

»Millie!«

Aber was ist das denn da?

Kucki hat ihre Schultüte mitgebracht!

Ihre große, rot karierte Zuckertüte

Wie unvernünftig!

Millie sieht sich um. Mama sieht sich auch
um. Der ganze Schulhof ist voll von
Kindern mit Schultüten!

Millie muss schlucken. Sie schaut klammheimlich hoch zu Mama. Die sieht auch
ganz bedröppelt aus.

»Du hast ja gar keine Schultüte!«, ruft
Kucki und ihre Mama sagt: »Ach, habt ihr
euch etwa von Frau Opelka beschwatzen
lassen?«

»Wir wollten nur vernünftig sein«, entschuldigt sich Mama und Millie nickt, aber ganz, ganz tief drinnen in ihrem Bauch, da denkt sie, dass es eigentlich doof ist, keine Schultüte dabeizuhaben. Und dann auch noch als Einzige! Es ist ein ruppeliges, knorziges und blödes Gefühl. Millie muss noch einmal kräftig schlucken.

»Bist du schon fotografiert worden?«, fragt Kuckis Mama, klopft auf einen Fotoapparat, der ihr seitlich am Lederriemen von der Schulter baumelt, und sieht Millie neugierig an.

»Ach was«, sagt Mama und sieht schon wieder ganz bedröppelt aus. »Ich dachte, hier gibt es einen richtigen Fotografen für alle.«

»Nee«, sagt Kuckis Mama. »Jeder muss für sich selber sorgen.«

Mama seufzt. »Schade«, sagt sie mit einem sehr langen, tiefen a in der Mitte. »Schaaaade.«

Und in Kuckis Fotoapparat ist leider kein Bild mehr zum Verknipsen übrig. Schaaaaaaaaade.
Jetzt geht's los. Alle Mann ab in die Turnhalle. Nee: alle Kinder! Und was sonst noch so auf dem Schulhof herumsteht. Omas und Opas. Hunde dürfen nicht mit hinein. Einige Mamas wissen jetzt nicht, was sie tun sollen. Millie drückt Mamas Hand, damit Mama wegen der Schultüte und wegen der Knipserei nicht noch zu heulen anfängt. Weil sie so vernünftig waren. Vernünftig ist nicht fröhlich. Das muss Millie mal Frau Opelka sagen. Damit sie Bescheid weiß!
In der Turnhalle sind Bänke aufgestellt. Und vorne gibt es eine kleine Bühne, die etwas erhöht steht, damit man gut sehen kann, wenn etwas passiert. Um besonders gut sehen zu können, muss man in der ersten Reihe sitzen.
Millie lässt Mamas Hand los. Die Mamis

und die Papis müssen sowieso auf die
hinteren Plätze. Sie können ja über die
Köpfe der Kinder hinwegschauen.
Statt Mama zieht Millie jetzt Kucki mit
sich nach vorne.
Schnell, schnell! Damit sie einen guten
Platz abbekommen.
Kucki kann nicht so fix laufen. Sie
schleppt ja diese doofe, große, schwere
Schultüte mit sich herum. Die klappert
und scheppert beim Rennen und will
ständig aus Kuckis Händen rutschen.
Los, los!
Na, das ist gerade nochmal gut gegangen.
Millie und Kucki erwischen die letzten
Plätze in der ersten Reihe.
Mit dem Ranzen auf dem Rücken kann
man aber nicht richtig sitzen. Wie soll
man sich da denn anlehnen?
Millie schafft es schnell, ihren Ranzen
abzuschnallen. Sie stellt ihn vor sich
zwischen die Beine, sodass sie ihn gut
festhalten kann.

Damit Kucki ihren Ranzen auch ab-
nehmen kann, soll Millie ihre Schultüte
festhalten.
Na gut.
Wie schwer die Schultüte ist! Millie stellt
sie auf die Spitze. Was hat Kucki denn
alles bekommen? Millie pult vorsichtig
mit ihrem Finger an dem Spalt im
zugeschnürten Papier.
»Finger weg!«, sagt Kucki.
»Was ist denn drin?«, fragt Millie.
»Finger weg!«, wiederholt Kucki und
nimmt Millie die Schultüte ab.
Jetzt geht's aber los! Eine Frau mit rot
gefärbten Haaren und angemalten
Augenbrauen ist auf die Bühne geklettert.
»Liebe Erstklässler«, sagt sie, »liebe
Mütter, liebe Väter.«
»Erstklässler?«, sagt Millie verwundert.
»Du, Kucki, ich glaube, das sind
wir!«
Die rote Frau stellt sich vor. Sie ist die
Rektorin der Schule. Mama hat Millie

schon erzählt, dass sie die wichtigste
Person an der Schule ist.
Jetzt begrüßt die Rektorin auch noch
die Geschwister. Millie sieht sich um.
Geschwister kann sie nicht entdecken.
»Meine Schwester ist gar nicht hier«, sagt
Millie zu Kucki. Kucki sagt: »Mein
Bruder auch nicht. Aber den will ich auch
nicht dabeihaben. Der soll bloß bleiben,
wo der Pfeffer wächst.«
»Trudel ist bei Frau Morgenroth
geblieben«, sagt Millie. Hinter ihr,
vielleicht zwei Reihen zurück, zischt
jemand. Pschschscht.
Millie wendet den Kopf. Aber sie kann
den Zischer nicht ausfindig machen.
Wahrscheinlich kommt das Geräusch von
den Mamis oder den Papis.
Die Rektorin redet und redet und redet.
Millie weiß nicht, worüber.
Wahrscheinlich ist es auch nur für die
Eltern gedacht.
Millie gähnt laut. Sie legt dabei den Kopf

weit in den Nacken. Oh, da oben an der Decke der Turnhalle gibt es eine Menge zu sehen. Da hängen lange Seile und dicke Ringe herunter.

»Guck mal«, sagt Millie und schubst Kucki an. »Wofür ist das?«

Kucki schaut auch hoch. »Das ist bestimmt zum Turnen«, sagt sie.

»Klar«, sagt Millie. »Aber wie kommst du da oben ran?«

Kucki zieht die Schultern hoch.

»Klettern?«, schlägt sie vor. »Das schaffst du nie«, sagt Millie. »Du bist doch kein Affe. Vielleicht muss man hochspringen.«

»So hoch?«, sagt Kucki. »Das schaffst du nie.«

»Mit Karacho?«, meint Millie.

»Nie!«, sagt Kucki.

Hinten fängt wieder die Zischerei an. Millie guckt sich gar nicht mehr um.

Kucki muss jetzt auch gähnen. Gähnen steckt an. Millie muss ihren Mund gleich noch einmal aufreißen.

Dann versucht sie der Rektorin zuzu-
hören. Was die redet, läuft wie ein
Elektrozug an Millie vorbei.
Schrrrschrrrschrrr.
»Ob sie unter den roten Strichen auch
richtige Augenbrauen hat?«, fragt
Millie.
»Nee, die hat sie sich abrasiert«, meint
Kucki.
»Mit dem Rasierapparat?«, fragt Millie.
Pschschscht.
Millie blickt sich nun doch um. Wo ist
denn überhaupt Mama abgeblieben? Sie
kann sie gar nicht entdecken. Die Turn-
halle ist proppenvoll.
Millie richtet sich auf und dreht sich um.
Ach, dahinten sitzt Mama.
»Huhu«, sagt Millie, aber wirklich nicht
sehr laut. Nur ein kleines Huhu schlüpft
aus ihrem Mund. Sie will die Rektorin ja
nicht stören. Besser, sie winkt Mama bloß
zu.
Mama sitzt ganz still. Und Millie sieht

genau, dass Mama sie anschaut, ganz fest
und mit großen Augen.

Winke, winke macht Millie.

Mensch, Mama, stell dich doch nicht so
an!

Endlich hebt Mama eine Hand, nicht
besonders hoch, nur ein Stückchen über
ihre Knie. Dann macht sie mit der Hand
eine kleine, schnelle, tappende Bewegung.
Millie soll sich wieder hinsetzen? Ist ja
gut.

Hoffentlich ist Schule nicht immer so
langweilig wie heute. Nur zuhören ist
schrecklich. Man muss doch auch was tun
dürfen!

Kucki umklammert ihre Schultüte, als
wollte sie sich daran festhalten. Sie hat ihr
ganzes Gewicht darauf verlagert. Die
Spitze der Tüte ist schon ganz breit
gedrückt.

»Meine lieben Kinder«, sagt die Rektorin
und holt tief Luft, bevor sie mit ihrer
Ansprache fortfährt.

Millie hat es doch gewusst. Das ganze Gebabbel hatte bis jetzt nichts mit ihr zu tun. Ob den anderen Kindern das Stillsitzen auch so schwerfällt? Kucki wohl nicht. Die ist schon fast eingeschlafen. Und dahinten sieht Millie Mario. Der bohrt heftig in der Nase.

»Lass mich doch mal in deine Tüte schauen«, bittet Millie und drückt ihren Ellenbogen in Kuckis Seite.

Kuckis Kopf hing schon fast in der Tüte und jetzt schreckt Kucki zusammen. Sie sieht aus, als ob sie gerade von einem anderen Stern käme und nicht wüsste, wo sie gelandet ist.

Millie kichert.

Kucki lässt Millie in die Tüte fassen. Es knistert. Millie könnte wetten, dass Kucki doch Süßigkeiten in der Tüte hat. Wahrscheinlich ist alles voll davon. Von oben bis unten. Sie fährt mit der Hand noch tiefer rein. Kucki steckt ihre Pfote ebenfalls in die Tüte. Da ist Platz für zwei

Wühlmäuse. Es macht Spaß zu versuchen,
die Finger des anderen zwischen den
Knister-Knaster-Sachen zu erwischen.
Millie und Kucki können sich vor Lachen
gar nicht mehr bremsen.
Die Tüte hat doch nicht genug Platz für
zwei Wühlmäuse. Sie reißt an der
Klebestelle auf. Dabei ist es nicht mal die
selbst gebastelte Tüte aus dem Kindergarten, sondern eine teure Schultüte aus
starker Pappe und Filz vom Schreibwaren-
laden.
Das gibt jetzt vielleicht ein Geklicker und
Geklacker!
Millie hat es ja gewusst: Die Tüte ist
voller Süßigkeiten! Also ist es gar
keine Schultüte, sondern eine Zuckertüte.
Wie unvernünftig!
Der ganze schöne Mist knallt auf den
Turnhallenboden, die weißen und rosa
Schokominzen, die gelben und roten und
grünen Erdnusskugeln, viele, viele bunte

Smarties. Und die Goldbären und die
Himbeerbonbons, die Dankeschön-
Schokoriegel und die knusprigen Löwen-
stangen. Nur ein einsamer Streifentiger
aus Plüsch kullert geräuschlos über den
Boden und bleibt – alle viere von sich
gestreckt – kurz vor dem Bühnenpodest
auf dem Rücken liegen.
Es ist ganz still. Man hört nur noch, wie
die letzten Schokokugeln durch die
Gegend klickern.
Auch der Rektorin hat es die Sprache
verschlagen. Sie guckt ein bisschen ratlos
aus der Wäsche.
Ja, was hat sie denn gedacht, wie das so ist
mit den Erstklässlern? Hat die gedacht, sie
wären schon vernünftige Leute, die
stundenlang still sitzen und mit großen
Elefantenohren oder spitzen Fuchs-
lauschern zuhören können? So was lernt
man doch in der Schule! Und die fängt
schließlich heute erst an.

# Das große Fideralala

Siehste! Alle Leute sind froh, dass endlich mal was passiert ist. In den hinteren Reihen, da, wo die Mamas und Papas sitzen, wird gelacht und einige Leute klatschen sogar vor Freude in die Hände. Nur die Rektorin grinst ein bisschen schief. Ihre Falten gehen in alle Himmelsrichtungen und eine der aufgemalten roten Augenbrauen zieht sich nach Nordosten und die andere mit einem kleinen Schwenker nach Westen, dorthin, wo auf dem Globus Amerika ist.

Die Kinder in den vorderen Reihen helfen erst einmal, die weggekullerten Süßigkeiten aufzuheben, und eine Mutter schafft es sogar, die Seitenteile der geplatzten

Tüte so fest aufeinander zu drücken, dass
sie wieder zusammenhalten. Kuckis Mama
muss nun die Schultüte halten, damit nicht
noch ein Unglück passiert.
Die Rektorin klatscht in die Hände. Da
wird es wieder ruhig.
Nun werden die Kinder aus den älteren
Klassen vorgestellt. Sie wollen ein Stück
aufführen.
Die Aufführung soll oben auf der Bühne
sein. Man kann alles gut sehen. Wulle und
Gus sind auch dabei. Gus schämt sich
schrecklich. Er schaut niemanden an, nur
seine Fußspitzen, aber Wulle hat Millie
entdeckt und grinst breit.
»Huhu, Wulle!«, ruft Millie.
Und Wulle hört gar nicht mehr auf zu
grinsen.
Die Rektorin legt den Zeigefinger auf
ihren Mund. Die andere Hand hebt sie
hoch. Alle größeren Kinder tun es ihr
nach.
Millie und Kucki legen ebenfalls sofort

den Finger auf den Mund. Es hat richtig
angesteckt.
Und es funktioniert! Es wird schlagartig
ruhig.
Das Stück, das aufgeführt wird, heißt:
*Ein Vogel wollte Hochzeit machen.*
Millie kennt das Lied von vorn bis hinten.
Sie haben es mit Frau Opelka im Kinder-
garten schon tausendmal gesungen.
Deshalb singt Millie laut mit und alle
Erstklässler klatschen in die Hände, wenn
die Kinder auf der Bühne das große
Fideralala anstimmen.
Die Vogelkinder haben sich ganz schnell
hinter der Bühne verkleidet und jetzt
hopsen  sie wild durcheinander über das
Podest.
Und wann fängt es endlich an?
Jetzt fängt es an.
Wer kommt als Erster? Die Drossel. Sie ist
der Bräutigam. Deshalb trägt die Drossel
auch einen Zylinder.
Danach hat der Sperber seinen Auftritt.

Er macht lauter Bücklinge. Bücklinge
sagt man, wenn sich jemand vor einem
anderen ständig verbeugt, weil er was von
ihm haben will. Der Sperber will die Frau
besorgen.
Millie hat noch nie rausbekommen,
welcher Vogel eigentlich die Braut ist.
Nach dem Sperber tritt der Seidenschwanz auf. Der Seidenschwanz hält
einen grün und weiß geflochtenen Kranz
in den Krallen.
Die Lerche ist ein dünnes, langes Mädchen im Nachthemd. Millie kennt das

Mädchen von irgendwoher, aber ihr fällt nicht ein, woher eigentlich. Ist ja auch egal.

Und dann ist Gus an der Reihe. Er ist der Auerhahn. *Der Auerhahn, der Auerhahn, der ist der würd'ge Herr Kaplan.* Was ist eigentlich ein Kaplan? Keine Ahnung. Er hat sich eine dunkelblaue Gardine mit Blumenmuster um die Schultern gelegt. Es sieht komisch aus.

Millie nimmt sich vor, die Mama später nach dem würd'gen Herrn Kaplan zu fragen. Oder eine Lehrerin! Die sind ja dazu da, Fragen zu beantworten.

Nach Gus kommt die Meise und Gus sieht sehr erleichtert aus, weil sein Auftritt vorbei ist. Jetzt kann er sogar das Publikum ansehen. Aber er schaut nicht auf die ersten Reihen. Dabei weiß er genau, dass Millie dort unten sitzt.

So, nun kommen die Gänse und die Enten, die in dem Lied jedoch Anten heißen, weil es sich sonst nicht reimen

würde. Und dann ist der Pfau dran, das
heißt, eigentlich ist es nicht der Pfau,
sondern Wulle. Sie haben ihm echte
Federn an den Bobbes geklebt. Wulle
guckt ein bisschen unglücklich aus der
Wäsche. Das muss er doch nicht! Er sieht
doch sehr lustig aus!
*Fideralala, fideralala, fideralalalala.*
Die Brautmutter kommt. Was die
vorführt, ist ja ganz leicht. Sie braucht
nur in ein Taschentuch zu heulen.
Aber da fehlt doch was?
»Kucki!«, schreit Millie, denn sie muss
sehr laut sein, weil die Kinder auf der
Bühne so brüllen. »Sie haben das
Finkelein vergessen!«
Kucki schaut Millie erschrocken an. »Ja«,
sagt sie. »Stimmt.«
»Das Finkelein!«, ruft Millie hinauf. »Das
Finkelein fehlt!« Aber niemand hört auf
Millie. Sie machen einfach weiter und sind
schon beim Uhu angelangt.
»Frau Kratzefuß haben sie auch

vergessen!«, sagt Millie zu Kucki. Sie ist sehr enttäuscht.

»Vielleicht haben sie Frau Kratzefuß extra weggelassen«, sagt Kucki. »Weil Frau Kratzefuß alle küssen muss.«

»Ach so«, sagt Millie. Das kann natürlich sein.

Der Uhu ist ein schöner Junge mit dunklen Locken und braunen Murmelaugen. Er hat Puschelohren angeklebt bekommen und trägt ein gefiedertes Wams mit weiten Ärmeln, sodass er eigentlich wie eine Fledermaus ausschaut, aber immerhin besser als Gus oder sogar Wulle. Der Uhu tut so, als ob er die Fensterläden schließt, und alle singen lauthals mit.

*Der Uhuhu, der Uhuhu, der macht die Fensterläden zu.*

Noch zweimal schmettern die Kinder das große Fideralala, beim Hahn, der Gute Nacht sagt, und schließlich bei der letzten Strophe: *Nun ist die Vogelhochzeit aus und alle zieh'n vergnügt nach Haus.*

Sie gehen aber noch nicht nach Hause.
Auf keinen Fall!
Die Schule hat ja noch gar nicht richtig
begonnen.
Auf das Podium, wo eben noch die
Vogelkinder herumstolzierten, kommen
jetzt die Lehrerinnen. Die Lehrerinnen
und ein Lehrer. Sie haben aufgeblasene
Luftballons dabei. Die schweben hoch
über ihren Köpfen und jeder Ballon hat
eine andere Farbe.
Den Lehrer nimmt Millie schon mal
nicht. Seine Hosen schlagen in Wellen um
die Beine und er lächelt nicht so niedlich
wie die Lehrerinnen.
Ob sie die mit den Kuhaugen nehmen
soll? Die sieht am freundlichsten aus.
»Was meinst du, Kucki?«
Kucki sagt: »Oder die mit dem großen
Ausschnitt im Kleid. Die sieht so
knuddelig aus.«
»Oder die mit dem Pferdeschwanz?«
Die Pferdeschwanz-Lehrerin steht ganz

vorn am Podest und ist am besten zu
sehen.

»Nee«, sagt Kucki. »Guck mal, was für
Schuhe die anhat.«

»O ja.« Millie gibt Kucki Recht. »Die sind
ja vielleicht kippelig. Die plumpst
bestimmt gleich von ihren dusseligen
Schuhen runter.«

Die Lehrerin mit dem Pferdeschwanz hat
wohl alles gehört, was Kucki und Millie
besprochen haben, obwohl es eigentlich
geheim ist.

»Seid mal nicht so frech«, sagt sie zu
beiden mit einem ermahnenden Unterton,
so wie ihn Frau Opelka hat, wenn sie will,
dass die Kinder sich ordentlich benehmen.

»Sie brauchen uns ja nicht zu nehmen«,
sagt Millie und Kucki hält sich die Hand
vor den Mund, weil sie schrecklich
kichern muss.

Die Pferdeschwanz-Lehrerin kippt in
diesem Moment tatsächlich von einem
ihrer dusseligen Schuhe. Sie knickt einfach

um und das sieht richtig blöd aus. »Die nehmen wir schon mal nicht«, beschließt Millie.

Leider wird es anders gemacht: Die Rektorin liest eine Namensliste vor und alle aufgerufenen Kinder gehören zu einem bestimmten Luftballon. Unter dem Luftballon steht dann eine Lehrerin. Oder der Lehrer. Da ist nichts zu machen. Die blauen Kinder müssen zum blauen Luftballon und die roten Kinder zum roten. Da hilft nur noch Daumen drücken.

Millie Heinemann und Kucki Pfaff? Gelb!

Den gelben Luftballon hat die mit den Kuhaugen. Ein Glück! Man kann auch Mu-Kuh-Augen sagen. Mu kommt von Mutter oder von Muh. Jedenfalls sind Millie und Kucki in dieselbe Klasse gekommen. Jetzt kann nichts mehr schief gehen.

Nun müssen die Kinder dem Luftballon

hinterhertraben. Die Mamis und die Papis
sollen auf dem Schulhof warten. Eine
Stunde oder so.
Millie küsst Mama zum Abschied.
Mama ist fix und fertig. Sie hat einen
roten Kopf. »Millie!«, sagt sie. »Musstest
du so eine Schnattergans sein? Ich habe
mich richtig geschämt.«
»Brauchst du nicht«, sagt Millie. »Ich
habe mich doch auch nicht geschämt.«
Schmatz, schmatz, schmatz. Man braucht
sich auch nicht zu schämen, wenn man
seine Mami abschmatzt. Selbst wenn Gus
und Wulle zuschauen.
Gus lacht richtig blöd. »I-Männchen!
Kaffeekännchen!«, ruft er.
Was soll das denn bedeuten?
»Mach dir nichts draus«, sagt Mama.
»Früher haben die Kinder als Erstes
den Buchstaben I gelernt. Deswegen:
I-Männchen.«
Ach so ist das!
»Dritte Klasse! Dumme Tasse!«, brüllt

Millie zurück. Und dann läuft sie schnell
dem gelben Luftballon hinterher.
Nun sind sie endlich mit der Lehrerin
allein. Ob jetzt der Ernst des Lebens
anfängt? Bis jetzt ging es ja noch.
Wer ist denn überhaupt noch in Millies
Klasse gekommen?
Alles fremde Kinder.
Sie stehen in der offenen Tür zum Klassen-
zimmer und strecken vorsichtig die Köpfe
vor. Es riecht anders als im Kindergarten.
»Kommt nur, kommt nur«, sagt die Muh-
Kuh-Lehrerin.
Millie muss an den Rattenfänger von
Hameln denken, aber dann weiß sie, so
schlimm wird es nicht werden. Das weiß
sie einfach.
»Sucht euch eure Plätze aus«, sagt die
Lehrerin und jetzt stürmen alle los. Millie
und Kucki bleiben zusammen und setzen
sich schnell nebeneinander an einen
Tisch. Nicht ganz vorn. Nicht ganz
hinten. So in der Mitte.

Die Lehrerin heißt Frau Heimchen. Über
den Namen müssen alle lachen. Ach,
Millie wusste doch, dass Frau Heimchen
einen schönen Namen hat.
Nun will die Lehrerin auch die Namen
der Kinder wissen. Sie schreibt sich alle
auf, damit sie auch morgen noch weiß,
wer Ilona und wer Sülo und wer Danny
ist. Heute verwechselt sie noch alle. Zu
Millie sagt sie zuerst Willi! Hat sie denn
nicht richtig hingeschaut? Sie ist doch
kein Junge!
»Lilli?«, fragt Frau Heimchen.
Ist sie schwerhörig?
»Millie!«
Nun hat Frau Heimchen es endlich
kapiert.
So richtig soll die Schule erst morgen
beginnen. Richtig heißt: Vormittags neue
Sachen lernen und nachmittags zu Hause
Hausaufgaben machen. Heute müssen sie
sich nur noch ein Heft besorgen. Frau
Heimchen zeigt es herum. Das Heft ist

klein und dick und hat viele Linien. Es
darf in Rot oder in Blau sein.
»Auch in Grün?«, fragt Kucki.
Frau Heimchen nickt. »Meinetwegen«,
sagt sie.
»Auch in Braun?«, fragt Danny.
Ja, ja.
»Auch in Weiß?«, fragt Millie. »Auch in
Orange?«
Frau Heimchen seufzt und verdreht ihre
schönen Muh-Kuh-Augen.
»Ja, ja, ja«, sagt Frau Heimchen. Den Ton
in ihrer Stimme kennt Millie. Es hört sich
genauso an, wenn Mama endlich ihre
Ruhe haben will. Kurz bevor Mama zu
Millie Nervensäge sagt. Aber das Gute
an der Schule ist, dass es hier so viele
Nervensägen gibt. Das Heft soll Mutti-
Heft heißen. Deswegen, weil Frau
Heimchen manchmal Nachrichten an
die Muttis hineinschreiben will.
»Was denn?«, fragt Millie. »Geheime
Botschaften?«

»Kann schon sein«, sagt Frau Heimchen.
»Wenn ihr etwas vergessen habt, dann
muss ich euren Eltern das mitteilen«, sagt
sie.
Ist Frau Heimchen vielleicht eine alte
Petze?
Millie wird ganz bang ums Herz.
»Ihr könnt ja noch nicht schreiben«, sagt
Frau Heimchen. »Aber in einem Jahr habt
ihr Schreiben gelernt.«
»Vielleicht auch nicht«, sagt Millie und
verschränkt die Arme vor der Brust. Und
dann fällt ihr noch was ein, was sie
unbedingt loswerden muss.
»Warum heißt das Heft denn Mutti-Heft
und nicht Vati-Heft?«, will sie wissen.
Frau Heimchen weiß einen Moment lang
nichts zu sagen. Dann holt sie tief Luft.
»Weil meistens die Muttis sich um die
Schule kümmern«, sagt sie.
»Aber nicht immer!«, meint Millie.
Vielleicht wird sie selber überlegen
müssen, wann das Heft ein Mutti-Heft

und wann es ein Vati-Heft sein wird.
Es kommt darauf an, was für geheime
Botschaften das wohl sein werden.

# Der rote Engel

Gestern haben sie zum Schluss des ersten Schultages den gelben Luftballon fliegen lassen. Sie mussten alle an das Fenster kommen und Frau Heimchen hat ihnen erzählt, dass sie jetzt den Ballon mit all ihren Wünschen emporsteigen lassen. Jeder durfte sich etwas ausdenken, was in Erfüllung gehen sollte, und diese Wünsche würden mit dem Luftballon hoch in den Himmel steigen.
Millie hat sich erst eine Tüte Smarties gewünscht, weil sie gerade so einen riesigen Hunger darauf gehabt hat. Aber dann fiel ihr ein, dass Frau Heimchen sich wohl etwas anderes vorgestellt hat. Etwas, das mit der Schule zu tun hat und wichtig sein könnte. Aber Millie ist nichts

Wichtiges eingefallen.
Sie weiß noch nicht, was
einem in der Schule alles
passieren kann.
Da wollte sie lieber
bescheiden bleiben und
hat sich nur was Gutes
zum Mittagessen aus-
gedacht, zum Beispiel
goldbraune Bratkartoffeln
mit kleinen, grünen,
sauren Gürkchen. Oder
vielleicht Frikadellen mit
Tomatensalat? Oder Reis
mit roter Soße?
Aber dann musste sie sich plötzlich ganz
schnell entscheiden, weil Frau Heimchen
den Luftballon gerade hochsausen lassen
wollte, und Millie hat sich schnell eine
Apfeltorte gewünscht, Apfeltorte sehr fein
mit geritzten Apfelvierteln, die sich wie
Rosen beim Backen öffnen, mit Puder-
zucker obendrauf. Und es würde reichen,

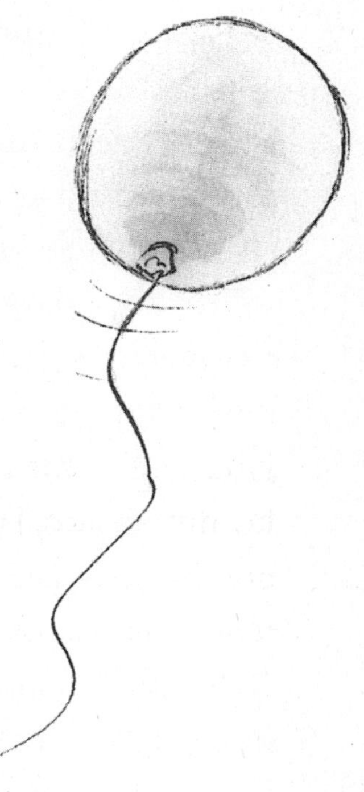

wenn es die Apfeltorte erst am Sonntag
gibt.

Da flog der Luftballon auf und davon. Er
torkelte ein bisschen in der Luft herum,
als ob er nicht wüsste, wohin er reisen
sollte, aber dann stieg er hoch und über
das Dach und war nicht mehr zu sehen.
Millie hat sich in diesem Moment für sehr
klug gehalten, weil sie spätestens Sonntag
wissen würde, ob man Frau Heimchen
trauen kann oder ob sie spinnt. Ganz
schön clever, nicht wahr?

Auf dem Nachhauseweg haben Mama und
Millie das Mutti-Heft gekauft. Ein grünes.
Die blauen und die roten Hefte waren
schon ausverkauft. Die orangenen auch.
Leider.

Und abends will Papa wissen, was am
ersten Schultag alles passiert ist. Millie
weiß gar nicht, was sie erzählen soll, weil
eigentlich noch nichts Richtiges passiert
ist.

Am zweiten Schultag spielen Mama,

Trudel und Millie morgens Schulweg-
Gehen.
Da die Schule dem Kindergarten direkt
gegenüberliegt, kennt Millie den Weg
eigentlich gut. Sie weiß aber nicht, ob der
Weg nicht doch plötzlich anders verläuft,
wenn sie ihn allein geht. Deshalb machen
sie es so: Millie läuft vorneweg und Mama
geht mit Trudel in der Kinderkarre ein
paar Meter hinterher.
Trudel hält Millies Schultüte im Arm,
denn heute haben sie damit noch was vor.
Es ist ziemlich früh am Vormittag.
Niemand ist auf der Straße und Leute wie
Gus und Wulle sind schon in der Schule.
Millie muss erst zur dritten Stunde da
sein, das ist um halb zehn, also neun Uhr
und der große Zeiger muss danach
nochmal halb rum im Kreis gelaufen
sein.
Millie läuft den Fußweg entlang. Sie geht
sehr flott, damit Mama sieht, dass Millie
ein alter Hase ist.

»Nicht so schnell!«, ruft Mama. »Wenn
du langsamer gehst, dann kannst du dich
besser umschauen und merkst, wann es
gefährlich wird.«
Ach so, wenn Mama nicht mitkommen
kann!
Rechts stehen Häuser mit Zäunen und
Hecken dicht am Bürgersteig. Auch das
Haus von Oma Schäfer. Da darf Millie
heute nicht stehen bleiben, auch wenn
Kater Mäxchen im Garten sitzt und sich
die Schnute putzt.
Links vom Gehweg zwischen den
Schatten werfenden Bäumen wachsen
Heckenrosen. Sie sind weiß und rosa
wie leckere Pfefferminzchen.
Die Rosen riechen gut. Sie haben Besuch
von Marienkäfern. Millie mag Insekten
eigentlich nicht besonders, mit Ausnahme
von Fliegen, aber Sonnenkäfer liebt sie
heiß und innig.
Ein kurzer Halt ist doch wohl erlaubt.
Millie legt ihre Hand auf die Hecken-

rosenblätter und ein Käfer krabbelt sofort
gelassen auf ihren Finger.
»Millie!«, ermahnt Mama. »So geht das
nicht. Du darfst dich nicht ablenken
lassen. Du musst auf den Verkehr achten
und zügig laufen, damit du rechtzeitig in
die Schule kommst.«
An was man alles denken soll!
Millie schenkt Trudel ihren Sonnenkäfer.
Trudel freut sich, dass Millie wieder
bei ihnen ist, weil sie sich sonst den
Kopf verrenkt, um Millie zu sehen. Aber
Mama scheucht Millie fort. Sie muss
wieder ganz allein ein Stück vor ihnen
laufen.
Jetzt kommt die Kreuzung. Links gucken,
rechts gucken, links gucken. Alles ist frei.
Aber wenn sich nun inzwischen jemand
von rechts herangepirscht hat? Ein blöder
Autofahrer?
Rechts gucken, links gucken, rechts
gucken.
»Millie!«, sagt Mama. »Siehst du nicht,

dass alles frei ist? Du könntest schon längst auf der anderen Straßenseite sein.« Mama macht einen aber auch ganz schummerig im Kopf! Links gucken, rechts gucken, links gucken. Millie stampft über die Straße. Dort dreht sie sich um. Ob Mama mit Trudel auch heil über die Kreuzung kommt?

Gott sei Dank.

Auf dem Schulhof ist es menschenleer. Halt, das stimmt nicht. Mama und Millie und Trudel sind zusammen drei Leute. Und jetzt machen sie, was sie sich vorgenommen haben. Mama drückt Millie die Schultüte in die Hand und schickt Millie zum Schuleingang. Dort stellt Millie sich vor das geöffnete Portal. Portal ist die Haustür von der Schule. Sie ist sehr groß und besteht aus zwei Hälften. Es könnte auch gut eine Kirchentür sein. Millie steht auf der dritten Stufe. Sie kommt sich winzig vor. Die Schule sieht ziemlich dunkel aus und uralt. Sie ist

bestimmt tausend Jahre alt. Das Gebäude
erstreckt sich weit zu beiden Seiten und
bis hoch über Millies Kopf.
Mama hat den Fotoapparat dabei. Und
nun knipst sie den ganzen restlichen Film
voll. Millie ist sehr feierlich zumute.
Eigentlich ist heute nochmal erster
Schultag. Jedenfalls werden sie das später
allen Leuten erzählen, wenn sie die Bilder
mit der Schultüte rumzeigen. Auch wenn
es ein kleines bisschen geschummelt ist.

Am nächsten Tag soll Millie
mutterseelenallein zur Schule gehen.
»Schaffst du das, Millie?«
Klar.
Komisch, dass Frau Morgenroth und King
jetzt schon zu ihnen kommen. Meistens
tauchen sie nur so früh auf, wenn Mama
was vorhat und Millie und Trudel dabei
nicht gebrauchen kann. Zum Beispiel
wenn Mama zum Arzt muss. Millie küsst
Mama zum Abschied auf den Mund. Sie

küsst King aufs Ohr und Trudel in die Luft.

»Tschüs, Mama.«

»Tschüs, Millie.«

Millie läuft erst ein Stück rückwärts den Gehweg entlang, damit sie Mama, die heute ihr lustig flatterndes Sommerkleid anhat, auch noch lange sehen kann.

Mama malt mit der Hand Kringel in die Luft. Ja, ja. Millie dreht sich ja schon um. Ohne Mama hinter sich kann Millie so schnell laufen, wie sie will. Bis zum Haus von Oma Schäfer.

Millie bleibt am Zaun stehen. Der Kater ist nicht zu sehen.

»Mäxchen!«, ruft Millie. »Mäxchen!«

Da Millie so schnell gerannt ist, hat sie jetzt bestimmt Zeit, noch zweimal nach Mäxchen zu rufen.

Kein Mäxchen weit und breit zu sehen. Nur weiter hinten, wo Millie gerade hergekommen ist, flattert hinter einem Baum ein Stück Stoff, das genauso

aussieht wie das Sommerkleid von Mama,
rot mit kleinen weißen Punkten.

Das kann doch nicht sein! Aber vielleicht
kann es doch sein, dass es Mamas Kleid
zweimal gibt. Es macht Millie richtig froh.
Weiter! Die Kreuzung kommt. Links und
rechts und links schauen. Nix zu sehen.
Da kann man getrost über die Straße
laufen. Mann, das ist aber auch ein langer
Weg zur Schule. Und jetzt ist ein Stein
zwischen Millies Fuß und die Sohle von
der Sandale geschlüpft. Millie hebt den
Fuß an und schüttelt ihn. Aber der Stein
fällt nicht raus.

Millie muss die Sandale ausziehen. Sie
sucht erst den Bürgersteig ab, ob nicht
irgendwo ein Häufchen Hundekacke liegt.
Alles sauber.

Millie setzt sich auf den Hintern. Ja, so
kann sie die Sandale abstreifen. Der Stein
ist an ihrem Söckchen hängen geblieben.
Sie pult ihn heraus. Ganz schön groß. So
groß wie ein Marienkäfer.

Ach, wie geht es denn ihren Freunden,
den Sonnenkäfern? Sie krabbeln zu
Millionen auf den Heckenrosen herum.
Millie rappelt sich auf und beugt sich über
die Rosenbüsche.
Drei kleine Käferchen laufen gleich
schnurstracks auf ihre Finger. Ob man
Marienkäfer mit zur Schule nehmen darf?
Bestimmt!
Frau Heimchen mit den Muh-Kuh-Augen
sieht nicht so aus, als ob sie schimpfen
kann. Sie war schon zwei Tage lang sehr
nett.
Millie und die Sonnenkäfer setzen ihren
Weg fort. Langsam, langsam, damit die
Käfer sich nicht erschrecken oder von der
Hand purzeln. Aber dann pusten sie sich
auf und spreizen die schwarz gepunkteten
rostroten Flügel. Einen Moment lang
kann Millie die zittrigen Flügel unten-
drunter sehen. Sie sind durchsichtig und
gemasert wie ein dünn gelutschter Lolli,
kurz bevor er zerbricht. Und dann heben

sich die Marienkäfer in die Luft und
segeln auf und davon, der Sonne entgegen.
Und etwas weiter zurück hinter dem
vorletzten Baum weht schon wieder das
rotweiß gepunktete Kleid und das ist so
beruhigend, als ob ein Schutzengel bei
Millie wäre.
Wenn der rote Stoff immer hinter Millie
herkommt, dann muss ihn aber jemand

tragen. Ja, wer kann das sein? Natürlich wird es eine Frau sein. Ein Mann zieht ja kein Kleid an. Höchstens zum Karneval. Vielleicht ist es aber auch ein Engel. Ein Schutzengel. Engel sind aber auch Frauen. Jedenfalls meistens.

Wenn der Engel sich so gut versteckt, dann wird Millie ihn mal hinters Licht führen. Sobald Millie verschwindet, wird der Engel sie suchen, denn ein Schutzengel darf einen niemals allein lassen.

Gibt es ein gutes Versteck? Dort an dem Haus, wo kein Zaun steht und die Mülltonnen dicht am Gehweg abgestellt sind! Zack ist Millie hinter den großen, grauen Tonnen verschwunden. Leider kann sie den roten Engel jetzt nicht mehr sehen. Vorsichtig richtet Millie sich halb auf. Sie lugt gebückt durch die Ritze zwischen den Tonnen auf den Bürgersteig. Ja, jetzt kann sie sehen, wie der Engel ein Stückchen

näher kommt und sich wieder hinter
einem Baum verbirgt.
Nun ist Millie sicher, dass der Engel
tatsächlich das gleiche Kleid anhat wie
Mama.
Einer wartet auf den anderen.
Wer rührt sich als Erstes?
Millie.
Sie kann ja nicht ewig hier hocken
bleiben. Frau Heimchen wartet. Und
außerdem stinkt es zwischen den Müll-
tonnen wie die Pest.
An der Ecke zur Schule, wo Millie einen
Zebrastreifen überqueren muss, steht eine
Litfaßsäule. Millie gefallen die Plakate, die
auf die Säule geklebt sind, weil sie so

schön bunt sind und Bilder haben. Leider
kann sie noch nicht lesen, was draufsteht.
Aber das Lesen kommt noch!
Links gucken, rechts gucken, links
gucken.
Ein Auto fährt heran. Es hält. Auch das
Fahrzeug, das sich von der anderen
Straßenseite dem Fußgängerüberweg
nähert, hält an. Beide Fahrer haben
Millie gesehen. Vorher darf man nicht
über die Straße laufen.
Obwohl Millie gut zu sehen ist, streckt sie
den Arm mit abgewinkelter Hand zur
Seite. So machen es auch die Polizisten,
wenn sie den Verkehr regeln. Halt!
bedeutet das.
Geschafft! Millie hat das letzte gefährliche
Stück des Schulwegs hinter sich. Sie
dreht sich noch einmal um. Das rote
Kleid flattert hinter der Plakatsäule
hervor.
Millie grinst breit. Jetzt kann der
Schutzengel ruhig nach Hause gehen.

In der Schule kann Millie schon selber auf
sich aufpassen.
Da ist ja schon der Schulhof.
»Hallo, Kucki!«
»Hallo, Millie!«
Millie muss sich noch ein allerletztes Mal
umdrehen, aber der Schutzengel ist weg.
Millie darf nicht vergessen, Mama heute
Nachmittag zu sagen, dass sie lieber mal
’ne lange Hose anziehen soll. Denn wenn
man Jeans trägt, kann man sich besser
hinterm Baum verstecken.

# Heute ist der Teufel los

Nun geht Millie schon lange alleine in die
Schule und jeder Tag ist ein bisschen wie
der andere. Morgens essen sie zusammen
Frühstück. An dem Montag nach der
Einschulung hat Millie zum Frühstück
den Rest vom Apfelkuchen gegessen, den
sie am Samstag zusammen gebacken
haben. Apfelkuchen sehr fein. Das mit
dem gelben Luftballon hat also gewirkt.
Frau Heimchen hat nicht gesponnen.
Es ist gut, dass Millie das weiß.
Wenn es nicht gerade Apfelkuchen gibt,
kann Millie so frühmorgens noch nicht
viel essen. Deshalb bekommt sie ein
Butterbrot mit in die Schule.
Papa isst zum Frühstück gerne ein Ei.
Wenn das Ei gebraten wird, ist Lärm in

der Küche und man muss sehr aufpassen.
Brateier werfen nämlich Küsse in die Luft.
Das schmatzt und knallt richtig. Und es
spritzt. Über die Schmatzerei können
Millie und Trudel sich kaputtlachen.
Millie macht das Schmatzen nach. Bevor
sie losgeht, wirft sie nämlich auch Küsse
in die Luft. Einen für Papa, einen für
Mama und einen für Trudel.
Natürlich sammelt Millie auf dem Weg zur
Schule Sonnenkäfer und manchmal muss
sie auch Mäxchen begrüßen. Deshalb
schafft sie es nur so gerade eben, pünktlich
in die Schule zu kommen. Millie kann jetzt
schon richtig schreiben. Alle Wörter mit
AU. Na ja, fast alle. AUTO und LAUB und
BAUM und MAUS.
»Habt Acht vor dem Fehlerteufel!«,
ermahnt Frau Heimchen.
Jaha. Das ist das Schlimmste, was man
sich vorstellen kann. Der Fehlerteufel hat
kleine Hörner, nackte Füße und einen
Puschelschwanz. Er freut sich, wenn die

Kinder Fehler machen. Aber Frau Heimchen freut sich nicht.

Wer keine Fehler macht, bekommt von Frau Heimchen ein Sternchen ins Heft gemalt. Oder zwei oder drei Sternchen. Alle Kinder wollen ein Sternchen bekommen.

»AUTO«, sagt Millie halblaut, »LAUB« und »BAUM«. Sie schreibt vorsichtig. Rauf, runter, rauf.

Es gibt viele Wörter mit AU. Das Lied mit den »Drau Chau-Nau-Saun maut daum Kaun-Trau-Bauss« ist aber noch zu schwierig zum Schreiben. Sie singen es lauthals in der Klasse. Sie können es auswendig.

»Kennst du eine Gau-Rau-Laus?«, fragt Millie.

Kucki schüttelt den Kopf.

»Das sind Gorillas!«, sagt Millie. »Und weißt du, was eine Au-Pfaul-Maus ist?«

»Millie!«, ermahnt Frau Heimchen.

Aber Millie kann nicht aufhören. »Das ist Apfelmus«, erklärt sie Kucki.

Frau Heimchen sieht Millie mit festen
Augen an.
Doch in Millie stecken lauter lustige
Wörter. Die wollen raus.
»Und eine Maul-Zaut?«,flüstert Millie
Kucki ins Ohr. »Was ist das?«
Kucki zieht die Schultern hoch und Frau
Heimchen ruft schon wieder: »Millie!
Komm doch mal her!«
Aber bevor Millie aufsteht, klärt sie Kucki
noch rasch auf. »Eine Maul-Zaut ist eine
Mahlzeit«, sagt sie. »Ist doch klar. Wegen:
Maul.«
Und dann hüpft sie nach vorn, wo Frau
Heimchen an ihrem Tisch sitzt.
»Und dein Mutti-Heft hättest du auch
gleich mitbringen sollen«, sagt Frau
Heimchen.
Da hopst Millie zurück und holt das
grüne Heft.
Frau Heimchen schreibt etwas hinein.
Millie kann das nicht lesen.
»Was steht da?«, fragt sie.

Aber Frau Heimchen will nichts verraten.
Es ist eine geheime Botschaft für Mama.
»Lass deine Mutter hier unterschreiben«,
sagt Frau Heimchen. »Damit ich weiß,
dass sie es gelesen hat.«
Mama verrät die geheime Botschaft.
»Millie ist eine Schwätzerin«, liest Mama
vor.
»Mehr steht da nicht?«, will Millie wissen.
»Das reicht doch«, sagt Mama. »Millie,
du musst dich wirklich zusammenreißen.
Du störst doch mit deinem Geplapper den
Unterricht.«
»Aber sonst ist doch nichts los«, klagt
Millie. »Mir fallen eben immer so
komische Sachen ein. Weißt du, was
Mama in der Au-Sprache heißt? Mau-
Mau!«
Mama will nicht, aber sie muss trotzdem
lachen.
Schade, dass Frau Heimchen doch eine
alte Petze ist!
Mama setzt ihren Namen unter den

blöden Satz mit der Schwätzerin. Müssen denn Eltern den Lehrern auch gehorchen? Millie nimmt sich vor, in der Schule besonders lieb zu sein. Frau Heimchen erzählt nämlich jeden Tag eine schöne Geschichte. Und nur wenn man still ist, kriegt man mit, wie die Geschichte weitergeht.

»Es waren einmal drei alte Damen«, erzählt Frau Heimchen. »Die sollten in Rente gehen. Aber sie befürchteten, dass sie es ohne Arbeit nicht aushalten würden. Deshalb ließen sie sich einiges einfallen,

damit sie nicht vor lauter Langeweile
sterben würden. Eines Tages trafen sie
ein Krokodil. ›Was bist du nur für ein
herrliches Tier‹, sagten sie zum Krokodil.
›Du bist so schön grün und so wunderbar
flach.‹«
Heute will Frau Heimchen die Geschichte
weitererzählen und Millie ist schon ganz
gespannt.
Ziemlich atemlos kommt sie auf dem
Schulhof an. Unterwegs ist auf der Straße
ein Reinigungsauto gefahren. Es hat alles,
was am Wegesrand lag, aufgefressen, und
Millie ist Seite an Seite mit dem Fahrzeug
gelaufen um zu sehen, ob es auch die
platt gedrückten Dosen verschlingen
würde und die aufgeplusterte Plastiktüte.
Manchmal ist das Reinigungsauto wieder
ein Stückchen zurückgebraust, weil die
rund laufenden Bürsten beim ersten
Mal nicht richtig zupacken konnten.
Millie musste also warten um alles
mitzukriegen. Und dann ist es höchste

Zeit gewesen und sie hat ordentlich
flitzen müssen.

Gleich hat sie es geschafft. Da verstellt ihr
jemand den Weg, steht in der halb
geöffneten Tür und breitet seine Arme
aus, dass es kein Durchkommen gibt.

Der Uhu!

Damals, bei der Aufführung, hat Millie
gedacht, dass der Uhu ein hübscher Junge
ist, aber jetzt steht er ganz nah vor ihr
und grinst sie blöd an. Er weicht nicht
von der Stelle.

»Lass mich rein«, faucht Millie.

Der Uhu schüttelt den Kopf. Er ist
mindestens einen Kopf größer als Millie
und bestimmt schon in der dritten oder
in der vierten Klasse.

Millie drückt beide Hände gegen seinen
Oberkörper, aber der Uhu ist leider viel
stärker als Millie. Das hat sie sich schon
gedacht.

Was soll sie machen?

Soll sie heulen?

Ach, das würde den Uhu wahrscheinlich
nur freuen. Das weiß Millie von Gus. Der
lacht sie nur aus. »Heulsuse, Heulsuse!«,
ruft er dann. Und sie muss noch heftiger
weinen.
Soll sie ihm eine knallen?
Das ist schwierig. Es ginge, wenn der
Uhu ihr zuerst eine knallen würde. Dann
könnte sie ihm eine zurückgeben. Aber
der Uhu rührt sie nicht an. Er schaut
sie nur mit seinen großen, frechen Augen
an.
»Blöder Hund«, sagt Millie, weil ihr
gerade nichts Besseres einfällt.
Das macht dem Uhu nichts aus. Und
den Weg gibt er auch nicht frei.
Millie versucht unter seinen
ausgestreckten Armen, die er gegen den
Türrahmen gestützt hat, hindurch-
zukriechen, aber der Uhu ist blitzschnell
überall dort, wo Millie auch ist. Es gibt
kein Durchkommen. Bevor sie doch noch
heult, sucht Millie das Weite. Ihr ist das

Beste eingefallen, was ihr im Moment
überhaupt in den Kopf kommen konnte.
Sie darf ja nicht einfach nach Hause
gehen. Aber sie kann in den Kindergarten
laufen. Ist es erlaubt, jemanden aus
dem Kindergarten zu werfen? Nie im
Leben.

Frau Opelka ist überrascht, als sie Millie
sieht.

»Hast du denn noch keine Schule?«, fragt
sie.

»Ich wollte euch mal besuchen«, sagt
Millie.

»Das ist aber nett«, sagt Frau Opelka.
Auch die Kleinen im Kindergarten freuen
sich.

»Was hast du denn schon gelernt,
Millie?«, fragt Frau Opelka. »Kannst du
uns was vorzeigen?«

»Ich kenn eine neue Geschichte«, sagt
Millie.

»Prima«, sagt Frau Opelka. »Erzähl sie
uns doch mal.« Millie darf sich auf einen

Stuhl setzen und alle anderen Kinder
sitzen im Halbkreis um sie herum.
»Es waren einmal drei alte Damen.« So
fängt Millie an. Sie kennt die Geschichte
ja nur halb und als sie dort angekommen
ist, wo das Krokodil auftaucht, ist die
Geschichte wie abgeschnitten. Soll sie
etwa sagen, dass sie den Rest noch nicht
kennt? Lieber erzählt sie weiter, weil die
kleinen Kinder sie so anschauen, als ob
Millie schon richtig groß wäre. Wer groß
ist, kann auch Geschichten erfinden.
»Das Krokodil schaut an sich herunter«,
fährt Millie also fort. »Tatsächlich. Es ist
schön grün und wunderbar flach. Die
alten Damen sagen: ›Liebes Krokodil, lege
dich doch bitte dort im Park zwischen
die duftenden Blumen. Du bist so grün
und flach, dass dich niemand sehen wird.‹
Das Krokodil marschiert also in das
Blumenbeet und lässt sich in aller Ruhe
nieder.«
Von ihrem Platz aus kann Millie den

Schulhof gut überblicken. Und nun bemerkt sie, dass in der geöffneten Eingangstür zur Schule niemand mehr den Weg versperrt. »Ich muss jetzt gehen«, sagt sie. »Nun fängt die Schule an.«
»Ooohhh«, sagen die Kindergartenkinder enttäuscht.
»Ooohhh.«
Millie macht, dass sie fortkommt, rennt über den Hof und in die Schule hinein.
Sie stürzt in den Klassenraum.
Frau Heimchen hat natürlich schon längst mit dem Unterricht begonnen. Sie hat die Krokodilgeschichte ein Stück weitererzählt und jetzt schreiben und lesen die Kinder neue Wörter. Oh, oh, hoffentlich hat Millie nicht zu viel verpasst. Am Schluss der Stunde sagt Frau Heimchen:
»Komm doch mal her, Millie.«
Die anderen Kinder dürfen schon in die Pause gehen.
»Mit Mutti-Heft?«, fragt Millie.
Mit Mutti-Heft!

Wieder schreibt Frau Heimchen eine
Mitteilung hinein.
Millie überlegt, ob das grüne Heft heute
ein Mutti-Heft oder ein Vati-Heft ist. Sie
weiß nicht, was besser sein wird. Sie
beschließt, dass sie das Heft gar nicht zu
Hause vorzeigt. Morgen wird sowieso
eine neue Seite dran sein und Frau Heimchen hat ihre Bemerkung für die Katz
geschrieben. Sie wird doch nicht jeden
Tag dran denken können!
Die Schularbeiten nachmittags fallen
Millie heute besonders schwer. Sie hat
doch was verpasst. Der Fehlerteufel hat
an Millie große Freude.
Mama meckert und Millie ist sehr
unglücklich.
Woher soll sie auch wissen, ob AFFE mit
zwei F geschrieben wird?
»Hast du in der Schule nicht aufgepasst?«,
fragt Mama.
Millie knirscht mit den Zähnen. Heute ist
der Teufel los.

Später läuft sie in den Keller. Sie hat so
eine Wut in sich. Einmal wegen Mama.
Und wegen Frau Heimchen. Aber am
größten ist die Wut auf den Uhu. Der ist
an allem schuld.
Millie zieht die dicken Gummistiefel an,
die sie immer trägt, wenn sie über die nasse
Mäusewiese läuft. Dann trampelt sie auf
dem Fußboden der Waschküche herum,
links und rechts und links und rechts,
immer schneller und schneller. Endlich ist
die Wut aus ihr herausgerutscht und tot-
getrampelt. Millie schnauft, als ob sie bis
zur Mäusewiese und zurückgelaufen wäre.
»Was ist eigentlich mit dir los?«, fragt
Papa abends, als Millie schon eine ganze
Weile mit Trudel herumgezankt hat. Aber
Millie will nicht antworten. Sie mault,
weil Trudel in einer Tour nach ihrer
Puppe Miss Mandarella greift. Aber
Trudel muss ihre Pfoten von Miss
Mandarella lassen. Das weiß sie ganz
genau! Sonst setzt es was!

Mama schlägt vor, dass sie alle eine
Radtour machen, damit ihnen die frische
Luft in die Seele fährt.
O ja. »Lass uns zu den Brombeerhecken
fahren«, sagt sie. »Übers Feld und hinterm
Bauernhof in Richtung Pferdewiesen.
Da wachsen doch Brombeerhecken. Die
Beeren müssten jetzt reif sein.«
Trudel ist ganz verrückt nach der Rad-
tour. »Bommbär, Bommbär«, singt sie.
Trudel nervt.
Papa nimmt Trudel vorne zu sich aufs Rad.
Dort ist das geflochtene Fahrradkörbchen
befestigt und Trudel wird hineingesetzt.
Sie will unbedingt ihre Hände dorthin
legen, wo Papa den Lenker festhalten
muss. Papa drückt Trudels Arme fort, aber
hast du nicht gesehen hat Trudel ihre Pfo-
ten wieder an denselben Platz geschoben.
»Hau ihr eins auf die Finger!«, sagt Millie,
aber Papa schaut Millie nur streng an.
Dabei ist es doch Trudel, die sich heute
Abend so doof benimmt.

Millie ist inzwischen Expertin im Radfahren. Nur manchmal wackelt das Rad noch ein wenig hin und her, besonders wenn sie gerade erst aufgestiegen ist und noch kein Tempo hat.

Heute wollen sie eine lange Strecke fahren. Erst ein Stück die Straße entlang und dann über den rumpeligen Feldweg. Mitten auf dem Weg steht ein Hindernis. Eigentlich können nur Fußgänger um die Barriere herumgehen. Sie besteht aus zwei versetzten Eisenstangen. Mama schafft es nicht, sich mit dem großen Rad hindurchzuwinden. Aber Millie gelingt es. Erst scharf links, dann scharf rechts um die Kurve. Das macht ihr so leicht keiner nach!

Papa fährt als Letzter. Er zankt sich immer noch mit Trudel. »Lass den Lenker los, Trudel«, warnt er die kleine Schwester, »sonst kehren wir sofort wieder um.«

Endlich ist Ruhe. Trudel hat wohl kapiert, dass sie noch zu klein ist um selber zu lenken.

Auf dem Feldweg, kurz vor dem
Bauernhof, wo der Hund die Leute
ankläfft, macht es knacks. Die Kette von
Papas Fahrrad ist gerissen. Fast wäre er
vornüber auf die Schnauze geknallt. Er
kann sich und Trudel gerade noch retten.
»Das wird wohl nichts mit unseren
Brombeeren«, sagt er.
Da kennt er aber Trudel schlecht.
»Bommbär, Bommbär«, jammert sie.
»Mach mich nicht verrückt, Trudel«, sagt
Papa und wischt sich den Schweiß von der
Stirn.
Aber Trudel hört nicht auf zu mäkeln.
»Bommbär.«
Papa hat sie an den Feldrand gesetzt. Jetzt
zieht Trudel sich eine Sandale aus und
schmeißt sie auf Papa.
Böse Trudel!
Papa bemüht sich das Fahrrad zu
reparieren.
Mama hält das Rad und Papa wurschtelt
an der öligen Kette herum. Seine Finger

sind sofort voller schwarzer Schmiere.
Schöne Schweinerei! Trotzdem greift er
zur Sandale und wirft sie zurück zu
Trudel.
Da kommt der Hund vom Bauernhof
angerannt. Er macht einen Höllenlärm.
Er bellt aufgeregt mit einer schrecklich
hohen Stimme. Bestimmt wird er gleich
heiser.
Der Köter umkreist sie alle kläffend.
Millie hat ein bisschen Schiss. Vielleicht
sucht sich der Hund gleich einen von
ihnen aus, den er beißen will.
Der Hund hat sich Trudel ausgesucht.
Nicht direkt. Aber er stürzt sich auf
Trudels Sandale.
Trudel hat inzwischen zu jammern
aufgehört. Sie schaut den Hund
entgeistert an. Ihre Augen sehen aber
ziemlich wild aus.
Der Köter steht direkt vor Trudel. Er
versucht den Schuh mit spitzen Zähnen
seitlich am Riemchen zu packen.

Da lässt sich Trudel nach vorne fallen. Jetzt
hockt sie auf allen vieren, schießt mit dem
Kopf vor und beißt dem Hund ins Ohr.
Trudel ist ein Jahr und acht Monate alt.
Sie hat zwölf scharfe Zähne. Die reichen
aus.
Der Hund macht einen Quiekser, springt
zur Seite und schaut Trudel noch einmal
erschrocken an. Dann haut er in Windes-
eile ab, quer über das Feld nach Hause,
wo er hingehört.
Papa, Mama und Millie sind voller
Bewunderung für Trudel, besonders aber
Millie. Das Herz ist ihr weit aufgegangen.
Sie wusste gar nicht, dass sie so eine
mutige Schwester hat. Trudel wird sogar

mit einem Köter fertig und Millie noch
nicht einmal mit dem Uhu. Aber das mit
dem Uhu ist ja auch etwas ganz anderes.
Mit den Brombeeren wird es heute Abend
nichts mehr. Papa muss sein Rad nach
Hause schieben. Und damit Trudel die
Klappe hält, wollen sie an einer Holz-
bude, wo es Blumen und Früchte gibt,
etwas Obst kaufen.
Die Bäuerin, die dort Äpfel, Pflaumen
und Birnen anbietet, schneidet zum
Probieren zwei Viertelchen von einer
Birne ab. Eine Scheibe ist für Millie und
die andere muss Trudel essen.
Trudel ist als Erste dran. Sie verzieht das
Gesicht so sehr in die Breite, dass Stirn,
Augen, Mund und Kinnfalte nur aus
lauter Querlinien bestehen.
Millie beißt auch in ihr Stückchen. Trudel
hat recht! Da zieht sich ja alles in einem
zusammen! Millie schüttelt sich. Papa hat
nichts mitbekommen. »Vielleicht nehmen
wir von den Birnen«, schlägt er vor.

»Einverstanden?« Er blickt in die
Runde.
Mama zuckt mit den Schultern und Millie
sagt: »Die würde ich nicht nehmen, Papa.
Die schmecken vielleicht schrecklich! Ich
glaub, es sind Zitronen, die sich als
Birnen verkleidet haben.«

# Lauter Luftschlangen

Heute ist Millie pünktlich in der Schule.
Sie kann auf dem Schulhof noch lange mit
Kucki schnattern. Seit gestern ist ja so viel
passiert.
Es läutet zum Beginn des Unterrichts.
Die Kinder stürzen ins Gebäude.
Wo ist der Uhu?
Millie hält sich vorsichtshalber dicht
hinter Kucki. Sie hofft, dass sie mit den
vorwärts stürmenden Kindern und mit
Kucki als Deckung ins Haus gespült wird.
Dann sieht sie den Uhu. Er hat sich an
demselben Platz wie gestern aufgestellt.
Und er schaut Millie an. Mit einem ganz,
ganz miesen Lächeln.
Der Uhu steht wieder breitbeinig und mit
ausgestreckten Armen in der Eingangstür.

Er lässt alle Kinder durch, eines nach dem
anderen, und Millie denkt, heute wird sie
es schaffen.
Aber der Uhu hat Millie auf dem Kieker.
Kaum hat sich Kucki an ihm vorbei-
gedrückt, schnappt die Falle zu.
Für Millie ist der Uhu wie eine Mauer,
gegen die sie ständig anrennt und wo es
kein Durchkommen gibt.
Sie schubst den Uhu. Sie rempelt ihn an.
Sie sagt: »Du bist vielleicht ein alter
Affenschwanz.«
Der Uhu lacht nur.
Millie schaut sich um. Steht denn nicht
irgendwo eine Lehrerin herum, die sie um
Hilfe bitten könnte? Obwohl Millie sich
schämen würde. Sie ist doch nicht mehr
im Kindergarten. Aber alleine schafft sie
es nicht. Sie weiß auch nicht, warum sie
sich beim Uhu so kraftlos vorkommt. Als
ob sie nur Pudding in den Muskeln hätte
und keinen Mumm. Dahinten unterhält
sich die Pferdeschwanz-Lehrerin mit dem

Hausmeister. Der Hausmeister sieht mit
seinem grauen Kittel und der spitzen Nase
aus wie eine geflügelte Eidechse. Oder
wie ein kleiner Dinosaurier. Millie traut
sich nicht ihn anzusprechen.
Und jetzt verschwindet die Pferdeschwanz-Lehrerin auch noch im Neben-
eingang. Sie hat wohl gedacht, alle Kinder
sind längst im Schulgebäude. Aber das
stimmt nicht. Millie und der Uhu sind
halb drinnen und halb draußen.
Millie macht eine letzte Anstrengung an
dem Uhu vorbeizukommen. Hat er denn
kein Mutti-Heft, in das die Lehrerin
reinschreibt, dass er immer zu spät
kommt? Oder muss er erst zur zweiten
oder dritten Stunde in die Klasse?
Millie versucht sich mal vorzustellen, dass
der Uhu Gus ist. Auf Gus hat sie immer
eine heiße Wut.
Sie schließt die Augen und denkt, dass
Gus sie gerade gekniffen hat. Das hat er
schon mal gemacht. Und da hat Millie

ihm eine reingehauen. Das müsste doch
auch jetzt klappen. Sie formt ihre Hand
zur Faust. Dann lässt sie ihren Arm
vorschnellen. Sie müsste den Uhu genau
in den Bauch treffen.
Aber der Uhu fängt ihre Faust mit der
Hand ab und drückt Millie etwas zurück.
»Lass mich bloß durch«, sagt Millie und
windet sich aus seinem Griff. »Sonst …«
»Was … sonst …?«, fragt der Uhu.
Immerhin lässt er Millies Hand los.
Millie weiß nicht, was sonst …
»Sag schön ›bitte, bitte‹«, fordert der
Uhu sie auf. Seine Stimme ist nicht
besonders böse, sie hört sich sogar ganz
nett an. Trotzdem: Bitte, bitte sagen, das
macht Millie nicht. Nicht um alles in der
Welt.
Lieber geht sie wieder in den Kinder-
garten. Da ist sie wenigstens sicher.
»Na, Millie?«, sagt Frau Opelka. »Willst
du uns deine Geschichte weitererzählen?«
Das ist eine gute Idee.

»Hast du denn noch keine Schule?«, will
Frau Opelka wieder wissen.

»Später«, sagt Millie und setzt sich schnell
vor die gespannt wartenden Kinder auf
den Stuhl.

»Also …«, beginnt sie. »Das schöne,
grüne, flache Krokodil läuft zum Blumenbeet und legt sich mitten zwischen die
bunten Blüten. Es ist kaum zu sehen, weil
die Blumen höher sind als das flache
Krokodil. Die alten Damen haben in
der Zwischenzeit ein Portemonnaie
genommen und es an einen langen
Faden gebunden. Das Portemonnaie
legen sie auf den Rasen dicht vor das
Blumenbeet und dem Krokodil nah vors
Maul.«

Die Kindergartenkinder rufen »ah« und
»oh« und »huch« und sie zappeln vor
Aufregung mit Armen und Beinen.
Aber nun muss Millie los. Der Schulhof
ist leer und die Luft ist rein.
Frau Heimchen schaut neuerdings nicht
mehr so nett aus, wenn sie Millie sieht.
Sie runzelt die Stirn.
»Millie!«, sagt sie traurig. »Was ist denn
los? Warum kommst du immer zu spät?«
Millie schaut auf den Boden. Ihre Nase
tropft, aber geheult wird nicht. Es ist
schon schlimm genug, in die Klasse zu
kommen, wenn alle anderen schon
versammelt sind und still im Schreibheft
arbeiten. Und es ist noch schlimmer,
vorne vor der ganzen Klasse stehen zu
müssen.
Aber Millie kann Frau Heimchens Frage
nicht beantworten. Es kommt einfach
nichts raus aus ihrem Mund.
»Millie?«, drängt Frau Heimchen.
Millie schaut auf. Sie zieht die Nase

hoch und Frau Heimchen runzelt noch kräftiger die Stirn.

»Mutti-Heft?«, schlägt Millie lieber gleich vor.

»Ja«, sagt Frau Heimchen und schreibt etwas hinein, was Millie noch nicht lesen kann.

»Du hast den Eintrag von gestern ja noch nicht unterschreiben lassen«, sagt Frau Heimchen. »Das holst du noch nach, gell, Millie?«

»Ja«, sagt Millie brav. Jetzt kann sie endlich auf ihren Platz gehen. Sie hat heute schon wieder eine Menge verpasst. Die anderen schreiben schon LILO HAT EINEN HASEN von der Tafel ab.

In der dritten Stunde haben sie Handarbeit. Millie hat hellblaues Baumwollgarn mitgebracht. Daraus soll sie einen Topflappen machen. Strickliesel-Stricken ist Frau Heimchen zu einfach gewesen. »Das können wir doch schon alle«, hat sie gesagt.

Hat die eine Ahnung!

Aus dem Baumwollgarn sollen sie zuerst lauter Luftschlangen häkeln. Das ist ja noch schlimmer als Strickliesel-Stricken. Der Faden läuft aus den Fingern wie Wasser aus dem Hahn und das hellblaue Knäuel kullert durch die Klasse, wo viele Füße schnell ein Kuddelmuddel draus machen.

Kucki hat rosa Garn ausgewählt. In ihrer Luftschlange sieht eine Masche wie die andere aus. Sie kann schon mit der zweiten Reihe beginnen. Wenn sie so weitermacht, wird ihr Topflappen heute noch fertig und ihre Mama kann sich freuen.

Millies Maschen sind sehr unterschiedlich groß geraten. Sie muss aber auch die ganze Zeit an den Uhu denken. Ob sie in der großen Pause mal Gus und Wulle um Hilfe bitten soll? Aber sie weiß schon jetzt, was Gus sagen wird.

»Der Uhu?«, wird er sagen. »Mit dem

legen wir uns nicht an. Mit dem musst du
schon alleine fertig werden.« Und Wulle,
die Pflaume, gibt Gus immer Recht.
Und was ist mit Kucki? Im Kindergarten
kam keiner gegen sie an. Da war sie
immer die Stärkste.
»Hilfst du mir nachher den Uhu zu
verkloppen?«, fragt Millie leise.
»Warum denn?«, sagt Kucki. »Der hat mir
doch nichts getan.«
Klar. Ist ja logisch. Aber … aus alter
Freundschaft?
Kucki hört jedoch gar nicht mehr zu. Sie
häkelt wie ein Weltmeister.
Millies Luftschlange sieht erbärmlich aus.
Durch einige Maschen kann sie ihre
Finger stecken. Und die anderen sind so
fest zugezogen, dass sie kleine Knötchen
bilden. Millie versucht sie zu lockern.
Aber mit dem Häkelhaken kommt sie
gar nicht rein. Sie muss die Zähne zu
Hilfe nehmen, zubeißen und ziehen. Es
knackt.

Hat Millie den Faden durchgebissen? Vor Schreck muss sie schlucken.

Nein, der Faden ist nicht ab. Er ist nass und etwas blutig. Aber Millies zweiter Wackelzahn ist rausgefallen. Weg und schon wieder verschwunden.

»Siehst du ihn irgendwo, Kucki?«

»Nee«, sagt Kucki und häkelt eifrig weiter an ihrer vierten Topflappenreihe.

»Dann hast du ihn also wieder verschluckt.«

Das ist nun schon der zweite Milchzahn, der verschütt gegangen ist. Bleibt denn überhaupt noch einer für Mamas Elefantenkiste übrig? Millie ist sich nicht sicher. Aber eines weiß sie schon jetzt: Sie wird Handarbeit niemals ausstehen können.

Es ist schwer, nachmittags an den Hausaufgaben zu arbeiten, wenn man in der Schule so viel verpasst hat. Millie muss furchtbar viele Wörter schreiben:

ULI SPRINGT IN DEN GARTEN.
ER SCHAUT IN DAS HAUS.
ER RENNT GEGEN EINEN BAUM.

Der Fehlerteufel lacht und lacht.
Er sieht aus wie der Uhu. Mama ist ganz
verzweifelt. »Pass doch auf, Millie!«, ruft
sie. »Wo bist du
denn mit deinen
Gedanken?«
Ach, und da ist ja
noch das Mutti-
Heft. Millie traut
sich nicht es
Mama zu zeigen.
Wer weiß, was Frau Heimchen rein-
gekritzelt hat. Bestimmt keine netten
Sachen.
Mama ist nervös. Millie sitzt stundenlang
an den Schularbeiten und Trudel will
nicht schlafen. »Tudelausulabeitmachen«,
sagt sie.
Mama gibt Trudel Papier und Buntstifte.

Aber Trudel ist viel zu müde zum
Schreiben. Sie schmeißt die Stifte durch
die Gegend.
Mama ist fix und fertig und heult fast. Als
ob sie gleich Husten und Schnupfen
kriegen würde und Pfefferminztee trinken
muss. Millie wird sie schonen müssen.
Heute verträgt Mama keine Aufregung.
Zum Glück kommt Frau Morgenroth. Sie
fährt Trudel in der Kinderkarre spazieren
und Mama kann sich ein Weilchen
hinlegen.
»Schaffst du die Schularbeiten allein,
Millie?«
Millie nickt.
Aber es wird nichts Rechtes damit. Millies
Gedanken gehen auch spazieren.
Millie spielt mit dem Bleistift. Sie wringt
ihn zwischen ihren Händen. Die Buchstaben tanzen in ihrem Heft herum, sie
hopsen hierhin und dahin und wollen
nicht auf der Linie bleiben.
Jetzt ist der Bleistift abgerutscht. Er war

frisch angespitzt. Die Spitze hat sich tief in Millies Handfläche gebohrt. Millie hat ein Loch in der Hand.

Aus dem Loch kommt Blut. Millie wickelt ein Taschentuch um ihre Hand. Oder soll sie Mama wecken?

Am liebsten wäre Millie jetzt eine Katze, die sich in der hintersten Ecke vom Haus versteckt.

# Millie ist ein bisschen krank

Als Frau Morgenroth wiederkommt,
erzählt sie, dass Trudel unterwegs
geschlafen hat. Trudel ist jetzt gut gelaunt.
Mama aber schläft immer noch. Millie
und Trudel gehen sie wecken. Mama ist
jetzt schlecht gelaunt.
»Was ist denn los?«, fragt Mama ganz
quengelig. Mama ist schrecklich durcheinander. Und jetzt weint sie richtig los.
Dabei hat Millie Grund zum Heulen.
Sie hebt ihre verbundene Pfote hoch.
Mama schaut gar nicht hin. Ihr muss
ganz schummerig zumute sein. Als
sie aufstehen will, kippt sie gleich zurück
auf die Couch, auf der sie gelegen
hat.
Und dann geht es richtig los. Mama heult

Rotz und Wasser. Aber Mamas dürfen
doch nicht weinen.
Gut, dass Papa in dem Moment nach
Hause kommt. Er ist sehr erschrocken.
»Was ist denn mit dir los?«, fragt er
Mama. »Geht es dir nicht gut?«
Mama schüttelt heulend den Kopf.
»Soll ich vielleicht bleiben?«, fragt Frau
Morgenroth. »Brauchen Sie Hilfe?«
»Nein, nein«, sagt Papa. »Es war schon
eine große Hilfe, dass Sie sich heute
Nachmittag um Trudel gekümmert haben.
Wir kommen jetzt schon alleine zurecht.«
Papa will Mama trösten und nimmt sie in
den Arm.
Millie möchte auch in den Arm ge-
nommen werden. Sie streckt Papa ihre
Hand entgegen.
»Ach, du liebe Zeit«, sagt Papa. Er sieht
aber nur Mama an. »Dein Gesicht ist ja
ganz heiß und deine Augen glänzen. Du
bist krank.«
Millie ist auch krank.

Mama hört ein bisschen mit dem Weinen
auf. »Mir ist schlecht«, sagt sie. »Und mir
ist schwindelig.«
Millie ist auch schwindelig.
»Du legst dich sofort ins Bett und misst
Fieber«, sagt Papa. »Ich bring dir gleich
das Thermometer.«
Wie gut, dass Mama nicht wegen Millie
geweint hat, sondern weil sie krank ist.
Dass sie wegen Millie weinen könnte,
weiß sie ja noch nicht.
Mama hört auf Papa. Sie legt sich sofort
ins Bett. Richtig unter die Decke und mit
Nachthemd an. Das ist komisch, wenn
draußen noch Tag ist. Millie und Trudel
stehen an der Tür und schauen zu, wie
Mama Fieber misst.
»Ach herrje«, sagt Papa. »Ich rufe gleich
Frau Klinkenbusch an.«
Frau Klinkenbusch ist die Ärztin.
Millie und Trudel dürfen Mama jetzt nicht
mehr anfassen. »Mama könnte euch
anstecken«, sagt Papa. »Und ich will

nicht, dass ihr beiden auch noch krank
werdet.«
Millie ist doch schon krank!
Trudel weint, weil sie nicht zu Mama
darf, und Papa stellt zwei Stühle in den
Korridor vor Mamas Tür, die offen bleibt.
Dort dürfen Millie und die Schwester
sitzen und Mama angucken.
Frau Klinkenbusch kommt ganz schnell.
Sie fährt einen kleinen roten Flitzer. Die
Tür klappert beim Auf- und Zumachen.
Es ist gut, dass man das schon von weitem
hört. Jetzt ist Millie beruhigt. Frau
Klinkenbusch wird Mama gesund machen
und Trudel kann endlich aufhören zu
heulen.
»Na«, sagt Frau Klinkenbusch. »Ist die
Mama krank?«
»Ich bin auch krank«, sagt Millie und
streckt Frau Klinkenbusch ihre umwickelte
Hand entgegen.
»Dann wollen wir mal sehen«, sagt Frau
Klinkenbusch. Sie geht aber schnurstracks

ins Schlafzimmer und guckt sich Mama
an. Von oben bis unten. Auch unter dem
Nachthemd. Frau Klinkenbusch hat eine
braune Tasche bei sich. In der sind
tausend tolle Sachen drin. Die braucht sie
um Mama zu untersuchen.
»Ja, ja«, sagt Frau Klinkenbusch. »Die
Mama ist ein bisschen krank. Aber sie
wird bald wieder gesund.« Sie lässt der
Mama Medizin da.
»Ich bin auch ein bisschen krank«, sagt
Millie.
»Wo denn, Millie?«, fragt Frau Klinken-
busch.
»Hier«, sagt Millie und hebt den Arm
hoch. »Und hier. Und überall.«
Millie muss den Mund aufmachen und
Aaa sagen.
Frau Klinkenbusch holt aus ihrer tollen
Tasche einen Eisstiel. Mit dem Hölzchen
drückt sie Millies Zunge so platt, dass
Millie fast kotzen muss.
»Ich kann nichts sehen«, sagt Frau

Klinkenbusch, obwohl sie mit einer
Taschenlampe in Millies Rachen leuchtet.
Die Lampe sieht aus wie ein Kugel-
schreiber.
Millie muss schlucken. »Ich bin tiefer
krank«, sagt sie.
Frau Klinkenbusch nimmt ein Läppchen
aus der Tasche. Es sieht fast aus wie
ein Papiertaschentuch, nur kleiner
und mit Spuren drauf wie von Mäuse-
pfötchen.
»Zunge raus«, sagt Frau Klinkenbusch.
Sie hält Millies Zunge mit dem Läppchen
fest und zieht sie nach vorn, bis es nicht
mehr geht. Will sie unbedingt, dass Millie
sich übergibt?
»Na, na, na«, sagt Frau Klinkenbusch.
»Nun stell dich mal nicht so an, Millie.«
»Ich bin schon wieder ein bisschen
gesund«, sagt Millie, damit Frau Klinkenbusch nicht noch was Neues erfindet, wie
sie von oben bis unten in Millies Bauch
gucken kann.

»Das will ich auch hoffen«, sagt Frau
Klinkenbusch.
»Ich brauch aber ein Pflaster«, sagt Millie
und hält Frau Klinkenbusch die Hand vor
die Nase.
Frau Klinkenbusch nimmt das zerknüllte
Taschentuch ab.
»Na, Millie«, sagt sie. »Wie hast du das
denn gemacht?«

»Bleistift«, sagt Millie.

Frau Klinkenbusch tupft ein paar Tropfen Medizin auf Millies Hand. Es brennt wie Zitronensaft. Dann klebt sie kreuz und quer Pflaster über die schlimme Stelle. Es ist gleich besser geworden.

»Tudelaukeben«, sagt Trudel.

Trudel bekommt ein Pflaster um den Zeigefinger gewickelt, obwohl sie gar nichts hat.

Als Frau Klinkenbusch fort ist, liegt Mama im Bett und jammert. Sie hat es nämlich nicht geschafft, einkaufen zu gehen, und jetzt sind die Geschäfte geschlossen. Sie haben also nichts zum Essen im Haus.

»Ich kann ja nichts essen«, flüstert Mama. »Aber was ist mit den Kindern?«

Millie hat jetzt schon Hunger. Trudel braucht nicht zu hungern, fällt Millie ein. Für Trudel gibt es Grießbrei und Apfelbrei und Karottenbrei mit Fleischpüree im Gläschen. Davon hat Mama immer einen

Vorrat im Schrank. Das kann man jedoch
nicht essen, wenn man schon groß ist.
Aber Papa kann kochen! Kein Sonntags-
essen. Nur Linsensuppe aus der Dose.
Während Papa die Linsen mit Würstchen
warm macht, versucht Millie die kranke
Mama zu trösten.
»Du bist bestimmt morgen wieder
gesund«, sagt sie. »Oder schon heute
Abend. Oder gleich, Mama.«
»Ist schon gut, Millie«, sagt Mama.
»Soll ich dir was holen?«, fragt Millie.
»Nein. Ist schon gut, Millie.«
»Brauchst du was, Mama?«
»Nein, Millie«, sagt Mama. »Ist schon
gut.«
»Soll ich dir eine Geschichte erzählen?«
»Nein, mein Schätzchen.«
»Ich erzähl dir mal eine Geschichte«,
sagt Millie. »Es waren einmal drei alte
Damen …«
Hört Mama eigentlich zu?
Mama sagt nichts. Mama hört zu.

Da holt Papa Millie in die Küche, weil das
Essen fertig ist. Ach, wie sieht die Linsensuppe denn aus! Die Würstchen sind
geplatzt. Sie liegen auf dem Teller wie ein
paar geöffnete Lippen und lachen Millie
an.
Millie isst alles auf, die Linsen und die
kaputten Würstchen. Ein paar Möhren
sind auch in der Suppe.
Millie isst nur, weil sie sonst verhungern
würde, und nicht, weil es schmeckt, denn
Linsensuppe kann nie gut schmecken.
Schon gar nicht, wenn Mama krank ist.
Sie vermisst es auch sehr, Mama anfassen
zu können. Millie darf sich ja nicht
anstecken. Dann hätte Papa niemanden,
der auf Trudel aufpassen kann. Er müsste
selber den ganzen Tag auf die Schwester
aufpassen. Und Linsensuppe kochen.
Und Mama trösten. Und die kranke Millie.
Das wäre einfach zu viel auf einmal.
In Papas Schublade ist ein Metermaß. Ein
Zollstock.

Darf Millie den haben?

»Wenn du ihn nicht kaputtmachst«, sagt
Papa.

Millie klappt den Zollstock auseinander,
bis sie damit an Mama heranreicht.

Mama fasst das Metermaß an einem Ende
an und Millie am anderen Ende.

»Jetzt kannst du mir was schicken«, sagt
Millie.

»Viele Grüße«, flüstert Mama und
versucht zu lächeln.

Millie muss sich sehr anstrengen um den
traurigen Kloß in ihrem Hals schnell
runterzuschlucken.

Es ist Mist, wenn Mama krank ist.

Aber dann hat sie eine Idee. Es ist nämlich doch kein Mist, dass Mama krank ist.

»Ich kann Mama morgen pflegen«, sagt
Millie. »Papa, du brauchst nicht zu Hause
zu bleiben.«

»Das ist lieb, Millie«, sagt Papa. »Aber es
muss doch noch jemand auf Trudel
aufpassen.«

»Frau Morgenroth?«, schlägt Millie vor.

»Aber du musst doch zur Schule«, sagt
Papa.

»Muss ich nicht«, sagt Millie.

»Wieso nicht?«, fragt Papa.

»Feiertag«, sagt Millie und zeigt Papa
gleich noch ihre verpflasterte Hand.
Doppelt hält besser.

Papa ist skeptisch. »Was für'n Feiertag?«,
fragt er.

»Schulfeiertag«, sagt Millie.

»Aha«, sagt Papa.

Prima, dass Papa sich nicht so gut
auskennt mit der Schule. Vielleicht sollte
Millie ihm auch noch das doofe Heft
vorlegen, dieses Mutti-, dieses Vati-Heft.
Papa würde bestimmt alles blind unterschreiben.

# *Feiertag*

Mama geht es am nächsten Tag schon etwas besser. Papa kann ruhig ins Büro fahren, denn Millie wird auf Mama und Trudel aufpassen. Millie hat ja Feiertag.
»Willst du frühstücken, Mama?«, fragt Millie.
»Später, Millie«, sagt Mama. »Ich kann mir das Frühstück aber auch selber machen. Es geht mir schon viel besser.«
»Nein, nein«, sagt Millie. Sie will heute besonders lieb sein. »Ich tu alles, was du willst, Mamilein. Ich schmiere dir auch ein Butterbrot.«
»Das ist lieb, Millie«, sagt Mama.
Millie strahlt. Sie hat auch schon Trudel die Schnute und die Pfoten gewaschen. Und bestimmt kommt später noch Frau

Morgenroth vorbei. Die kann sich dann
um Trudel kümmern.

»Wieso bist du nicht in der Schule?«, fragt
Mama plötzlich.

Mama sollte sich besser nicht solche
Gedanken machen. Mama ist doch
krank.

»Feiertag«, sagt Millie.

»Feiertag?«, fragt Mama und richtet sich
im Bett auf.

»Ja«, sagt Millie schnell. Mama darf sich
nicht aufregen.

»Nur die Lehrer müssen heute in die
Schule. Die Kinder haben Feiertag.«

»Davon wusste ich ja gar nichts«, sagt
Mama.

»Hab ich Papa gesagt«, meint Millie.

»Haben die Lehrer denn heute eine
Konferenz?«, fragt Mama.

»Ja, ja«, sagt Millie. »Steht auch im
Mutti-Heft.«

Lügen tut ein bisschen weh. Aber was soll
Millie denn machen?

»Ach so«, sagt Mama und lässt sich auf
ihr Kissen zurückfallen.
Millie schnappt sich Trudel um ihr
vorzulesen. Das hat Mama besonders
gern. Dabei tut Millie nur so, als ob sie
lesen würde. Sie denkt sich zu den
Bildern, die Trudel anschaut, Geschichten
aus.
Trudel und Millie sitzen auf dem Sofa.
Das Buch haben sie genau in die Mitte
gelegt. Eine Hälfte liegt über Millies
Beinen und die andere Hälfte deckt
Trudel zu.
Aber was ist das denn?
Millie merkt, dass sie schon fast richtig
lesen kann. Fast!
Einige Wörter kann sie hinten lesen und
von manchen das Vorderteil. Und AUTO
kann sie schon ganz lesen und ESEL und
ENTE und HASE.
Was sie nicht lesen kann, muss Trudel
sagen.
»Was ist das hier?«, fragt Millie und zeigt

mit dem Finger auf ein paar graue
Mäuse.

»Niefert«, sagt Trudel.

»O nein!«, ruft Millie. »Das ist doch kein
Nilpferd, Trudel, das sind Mäuse!«
Trudel schaut Millie ungläubig an.

»Und was ist das hier, Trudel?« Jetzt liegt
der Zeigefinger auf den blauen Bergen
hinter einer kleinen Stadt.

»Federmaus«, sagt Trudel.

»Nein!«, schreit Millie. »Das sind doch
Berge, Trudel! Mensch, bist du blöd!«

»Tudelnichböd«, jammert Trudel.

»Trudel ist doch blöd«, sagt Millie. »Das
Buch ist auch blöd. Soll ich dir mal eine
Geschichte erzählen?«

»Ja«, sagt Trudel und setzt sich weiter
weg von Millie in die Sofaecke, damit sie
Millie auch gut angucken kann.

»Es waren einmal drei alte Damen«,
beginnt Millie. Mit ihrer Geschichte
gelangt sie immer nur bis zu dem Punkt,
wo das Krokodil im Blumenbeet liegt. Die

alten Damen binden gerade noch das
Portemonnaie an die Schnur und dann ist
die Geschichte aus. Schade, dass Millie
nicht weiß, wie die Sache weitergeht. Sie
kann natürlich einen alten Mann erfinden,
der sich bückt und die Geldbörse aufheben
will. Sie kann das schöne, grüne, flache
Krokodil zuschnappen lassen. Aber ob das
in der wahren Geschichte, die Frau Heimchen erzählt, auch so passiert? Vielleicht
schläft das Krokodil auch einfach ein.
Wahrscheinlich wird Millie es nie erfahren.
Ein bisschen traurig ist das schon.
Mama ist kurz mal aufgestanden. Sie ist
wohl noch ein bisschen wackelig auf den
Beinen. Millie weiß, wie sich das anfühlt.
Wenn man krank ist, hat man das Gefühl,
als ob man auf einen Bären tritt. Es ist so
weich und nachgiebig. Na, wenn es schon
nicht ein Bär ist, dann ist es mindestens
ein Bärenfell. Mama hangelt sich von
Stuhl zu Stuhl und von Tisch zu Tisch.
Sie lächelt gequält. »Diese dumme

Krankheit«, sagt sie. »Das ist bestimmt
wegen der Sommerhitze. Deshalb habe
ich so viele Viren im Bauch.«
»Viren?«, fragt Millie.
»So kleine Viecher«, erklärt Mama. »Die
vermehren sich jetzt in meinem Magen
mit Vergnügen und wissen gar nicht, dass
sie mich so schlapp gemacht haben. Sie
hätten sich ja auch jemand anderes
aussuchen können, aber sie meinen
wohl, meine Magenwände sind das Ende
der Welt.« Mama ist im Badezimmer
verschwunden und Millie denkt, dass es so
wie bei den Viren auch mit den Menschen
sein könnte. Sie sitzen alle im Bauch vom
lieben Gott und denken, es wäre das
Weltall. Dabei geht es draußen noch viel,
viel weiter.
Mama schleppt sich zurück ins Bett.
»Morgen wird es schon besser gehen«,
sagt sie. »Mach dir keine Sorgen, Millie.«
Millie macht sich keine Sorgen. Oder
besser gesagt: Sie hat ganz andere Sorgen.

»Morgen kannst du wieder zur Schule
gehen«, fährt Mama fort.
»Morgen ist Feiertag«, sagt Millie.
»Millie!«, ruft Mama. »Das kann doch gar
nicht sein!«
Millie gibt lieber schnell nach, bevor
Mama noch weiterfragt.
»Ich hab nur Spaß gemacht«, sagt sie.
Sie muss sich was anderes ausdenken. Sie
könnte morgen den ganzen Vormittag im
Kindergarten verbringen. Weil Feiertag
ist. Und übermorgen wird sie zu Frau
Morgenroth gehen. Weil Feiertag ist.
Und danach? Was soll sie dann machen?
Vielleicht wird der Uhu inzwischen
verschwunden sein. Es gibt doch so viel
Platz im Bauch vom lieben Gott.
Millie atmet tief ein und aus.
Was sollen Millie und Trudel jetzt machen?
Mama pennt.
Und Frau Morgenroth ist auch noch nicht
da.
»Wollen wir Friseur spielen, Trudel?«,

fragt Millie. »O ja. Ich werde dich mal
kämmen. Wir spielen Friseur.«
Trudel muss sich in Millies Zimmer auf
den kleinen Korbstuhl setzen.
Millie holt alles, was man zum Friseur-
spielen braucht. Kamm und Bürste und
Haarspray. Und die Schere.
Nein, Millie will der Schwester nicht die
Haare schneiden. Das würde sie nie tun.
Aber die Schere gehört mit zum Spiel.
Man muss so tun, als ob. Denn ein Friseur
hat eine Schere. Und noch viele andere
schöne Sachen. Föhn und Lockenwickler
und Haarspangen. Die roten mit den
Troddelchen dran sind aber zu schade für
Trudel. Das sind nämlich Millies Lieblings-
spangen.
Trudel lässt sich das Kämmen gern
gefallen. Sie schließt sogar die Augen.
Die Zöpfchen, die Millie der Schwester
flicht, halten leider nicht. Sie gehen auf.
Trudels Haar ist zu dünn und zu fisselig.
Millie wird ihr eine Tolle kämmen.

Für eine Tolle braucht man nur die Haare
mitten auf dem Kopf um einen Kamm zu
wickeln.
Trudel sieht doof damit aus.
»Was hast du aber auch für ein blödes
Gesicht«, sagt Millie. Das kann sie ruhig

sagen. Mama und Papa hören es ja nicht.
Millie versucht den Kamm aus Trudels
Haaren zu lösen.
Das ist vielleicht schwer!
Die Haare wollen den Kamm nicht
loslassen und verheddern sich. Da findet
ja kein Mensch mehr durch. Die Tolle
sieht jetzt aus wie das Kuddelmuddel von
Millies Topflappen.
Millie zieht an Trudels Haaren.
Trudel fängt an zu jammern.
»Schschsch«, sagt Millie. Das würde ihr
noch fehlen, dass die Schwester jetzt
losbrüllt. Wo Mama krank ist.
Es bleibt Millie gar nichts anderes übrig,
als der Schwester ein paar Haare
abzuschneiden. Nur die Tolle. Das mag
Trudel wieder gern. Haare schneiden tut
nicht weh.
Trudel sieht aber auch ohne Tolle blöd
aus. Haare wie eine Scheuerbürste!
Vielleicht sollte sie der Schwester mal die
Haare waschen. Gewaschene Haare sind

nämlich ganz weich und stehen
nicht so ab wie
die Borsten auf einem Schrubber.
Millie schleppt Trudel ins
Badezimmer. Unterwegs singt sie
ein Lied. Damit Mama weiß,
dass noch alles in Ordnung ist.
»Ein Vogel wollte Hochzeit machen ...«
Nee, lieber singt sie ein anderes Lied. Bei
der Vogelhochzeit fällt ihr nur der Uhu
ein.
Trudel ist sehr klein. Sie reicht mit dem
Kopf noch lange nicht bis übers Waschbecken. Mit ihren Pfoten kann sie sich
gerade oben am Rand festhalten.
Millie holt einen Stuhl und Trudel kniet
sich drauf. Ja, so wird es gehen.
Das Wasser, das aus dem Hahn läuft,
spritzt nach allen Seiten. Trudels Sachen
werden nass. Millie muss Trudel also
ausziehen. Sie legt die Klamotten von der
Schwester auf den Badewannenrand.
Dann lässt sie viel warmes Wasser in das

Waschbecken laufen. Trudel soll ihren
Kopf reinstecken.

Die Schwester klettert aber ganz ins
Waschbecken und das Wasser droht
überzuschwappen.

»Plansch doch nicht so doll, Trudel! Der
Fußboden wird nass. Mama wird mit dir
schimpfen.«

Es macht der Schwester sehr viel Spaß, im
Waschbecken zu sitzen. Ein Waschbecken
ist ja eine kleine Badewanne.

Millie seift Trudel ein.

Trudel seift Millie ein.

»Lass doch, Trudel! Dass du immer solche
Dummheiten machen musst!«

So. Jetzt ist die Schwester fertig. Frisch
gewaschene Haare. Und frisch gewaschene
Ohren. Sauberer Popo.

»Komm mal raus, Trudel!«

Trudel kann aber nicht raus. Sie ist
glitschig geworden wie ein Fisch und
saust Millie aus den Händen.

Trudel will auch gar nicht heraus. Sie

patscht mit den Händen ins Wasser und
spielt mit ihren Zehen.

Sie trinkt das Wasser.

Was soll Millie nur tun?

Papa anrufen? Komm sofort nach Hause,
Papa!?

Erst mal lässt Millie das Wasser ablaufen.
Sie greift unter Trudels Popo und zieht
den Stöpsel raus. Das hat die Schwester
gar nicht gern. Sie klebt Millie eine.

Millie guckt Trudel böse an. Macht kleine
Augen und verzieht den Mund zu einem
Strich.

Trudel soll sich bloß vorsehen!

Jetzt versucht Millie es noch einmal. Sie
hebt Trudel hoch. Schöner Mist! Der
Wasserhahn ist im Weg. Oder Trudel hat
plötzlich fünf Arme und sechs Beine
bekommen.

Oh. Plötzlich steht Mama in der Tür.

Sie kommt wie gerufen.

»Mama«, sagt Millie. »Du musst mal
helfen.«

»Was ist denn hier los?«, fragt Mama und
stöhnt einmal mächtig auf.
»Trudel«, sagt Millie und weist mit dem
Kopf auf die Schwester, die immer noch
im Waschbecken hockt.
»O Herrgott im Himmel«, sagt Mama.
Dann rettet Mama Trudel. Obwohl sie so
krank ist.
Jedenfalls gibt es nur eine einzige
Schimpfe. Für die nackte Trudel, für den
nassen Fußboden, für das Friseurspiel und
Trudels Bürsten-Haarschnitt.
Trudel aber sieht jetzt eigentlich ganz
niedlich aus.

# Mit leichtem Herzen

Trudel muss mittags schlafen und danach
wird sie von Frau Morgenroth und King
spazieren gefahren. Trudel und King, das
sind zwei Fliegen mit einer Klappe, sagt
Frau Morgenroth. Trudel bekommt
frische Luft und King Auslauf, das heißt,
er kann Gassi gehen.
»Hast du nicht noch was für die Schule zu
tun?«, fragt Mama vom Schlafzimmer aus.
»Nein«, sagt Millie. »Darf ich auch raus?«
Sie könnte mit Gus und Wulle spielen.
Überhaupt ist es jetzt das Beste zu
verschwinden. Mama fragt so viel. Sie
stellt gefährliche Fragen.
Da klingelt das Telefon.
»Das ist bestimmt Papa!«, ruft Millie und
hopst zum Telefon.

»Hallo«, sagt Millie ganz fröhlich, als sie
den Hörer abgenommen hat.

»Hallo«, sagt jemand. Jemand ist nicht
Papa. Jemand ist Frau Heimchen. Millie
erkennt das sofort, obwohl Frau Heimchens Telefonstimme etwas anders klingt
als ihre Schulstimme.

»Millie?«, fragt Frau Heimchen. »Ist deine
Mutter da?«

»Ja«, sagt Millie und denkt ganz, ganz
schnell nach. »Aber sie ist krank«, fügt sie
dann hinzu und legt einfach auf.

O Mann, hoffentlich ist das nochmal
gut gegangen. Frau Heimchen wollte
bestimmt petzen, dass Millie dauernd zu
spät in den Unterricht kommt und die
geheimen Botschaften im Mutti-Heft
nicht unterschreiben lässt.

»Wer war das?«, ruft Mama.

»Hat sofort aufgelegt«, sagt Millie.

»Bestimmt falsch verbunden.«

Ob Frau Heimchen sich nochmal traut?
Hm, jetzt muss Millie doch zu Hause

bleiben, damit Mama keinen falschen
Anruf entgegennimmt. In ihrem Zimmer
baut sie ein Umfall-Domino auf und lässt
die Steine, gleich nachdem sie das letzte
Klötzchen hingestellt hat, umklackern.
Umfall-Domino wird mit der Zeit
langweilig. Schade, dass sie noch nicht
besser lesen kann. AFFE und ESEL und
AUTO reichen ja nicht hin und nicht her.
Ob sie jemals lesen lernt? Was ist, wenn der
Uhu nicht einfach verschwindet, sondern
Tag für Tag das Schultor bewacht? Was
dann?
Schon wieder klingelt das Telefon.
»Ich geh schon!«, ruft Millie.
Aber Mama hat sich klammheimlich das
Telefon näher ans Bett gezogen und
schon abgenommen.
Millie bleibt im Türrahmen stehen.
Wer ist denn dran?
Frau Opelka ist dran. Millie ist ein bisschen
erleichtert, aber dann wird ihr doch
mulmig zumute, denn Frau Opelka ist ja

längst nicht mehr für Millie zuständig und
noch lange nicht für Trudel.

Mama sagt »aha« und »ach ja« und »na,
so was«.

»Na, so was« hört sich gar nicht gut an.
Es könnte mit Millie zu tun haben.
Millie macht sich klein und will sich
verdrücken. Aber da ist Mama mit dem
Telefonat fertig.

»Komm mal her zu mir, Millie«, sagt sie.
Millie schleicht heran.

Mama klopft mit der flachen Hand auf
das Bettlaken und rutscht ein Stück zur
Seite. »Setz dich mal her zu mir.«

Jetzt kommt alles raus, denkt Millie.
Sie weiß nicht, wieso sie es weiß, aber
genauso ist es dann.

Frau Heimchen hat sich Sorgen gemacht.
Na, wenn das mal stimmt!

Niemand in der Klasse hat gewusst, was
mit Millie los ist. Auch Kucki nicht. Dann
hat Frau Heimchen zu Hause bei Millie
angerufen. Das war vorhin das Telefonat.

Millie wird, als Mama das erzählt, puterrot im Gesicht.

O du meine Güte, hat Frau Heimchen dann gedacht, was ist denn bei Millie zu Hause los. Dort ist die Mutter krank und Millie muss sie wohl pflegen. Sie haben in der Schule für jeden eine Akte. Da steht drin: Name, Vorname und wann das Kind geboren ist. Und noch so was alles.

In Millies Akte steht, dass Millie eine kleine Schwester hat. Wird Millie also auch noch auf die kleine Schwester aufpassen müssen? Weil die Mama krank ist?

Frau Heimchen hat Frau Opelka gefragt. Dass Millie Frau Opelka kennt, muss auch in der Akte gestanden haben. Weil sie ja früher in den Kindergarten gegangen ist.

Frau Opelka hat der Lehrerin berichtet, dass Millie putzmunter gewesen ist, jedenfalls bis gestern. Und sie konnte schöne Geschichten erzählen. Die hat sie in der Schule gehört und deshalb wird sie auch gut aufgepasst haben. Und jetzt fehlt der Mama noch ein Stück von der ganzen Geschichte. Nicht von der Alte-Damen-Geschichte, sondern von der Millie-geht-nicht-in-die-Schule-Geschichte. Und diese Geschichte heißt: Der Uhu.

Millie sitzt mit heißen Ohren und brennenden Backen bei Mama auf dem Bett und beschreibt alles, was mit dem Uhu zu tun hat. Wie groß er ist, wie stark und wie gefährlich. Selbst »alter Affenschwanz« hat ihn nicht umgehauen. Und als Millie ihn in den Bauch boxte, hat er nur mit seinen großen dunklen Augen gelacht.

»Dann wird der Uhu ja eigentlich ein besonders hübscher Junge sein«, sagt Mama und Millie zuckt mit den Schultern. Und wenn schon! Kein Grund, Millie zu ärgern!

Mama ruft nun Frau Heimchen an. Der

Uhu hat Schuld. Da Mama noch etwas krank ist (das war also nicht gelogen!), wird Millies Papa sich morgen drum kümmern. Er wird sich den Uhu vorknöpfen. Damit Millie endlich in aller Ruhe in die Schule spazieren kann. Mama fragt auch nach den Schularbeiten. Was hat Millie denn alles verpasst? Heute Nachmittag lernt Millie mit leichtem Herzen.

DER HIMMEL IST BLAU.
DIE ZITRONE IST GELB.

»Gibt es noch was, das dir auf dem Herzen liegt, Millie?«, fragt Mama. Zuerst fällt Millie nichts ein. Aber dann! Und bevor sie noch den Mund öffnen kann, gehen die Schleusen auf. Sie heult los und die Sturzbäche kommen aus Augen und Nase.
Es ist ja alles so schlimm und so schwer gewesen. Der Schulweg, die fremden

Kinder in der Klasse, der Uhu und die
Mama ist auch noch krank.
Aber das Schlimmste ist, dass sie keine
Topflappen häkeln kann!
»Oje«, sagt Mama. »Zeig mir doch mal
deine Topflappen.«
Millie holt das arme Häufchen Baumwoll-
garn aus dem Ranzen. Es ist ein einziger
Wirrwarr. Diese verklebten Knoten! Die
fingerdicken Maschen! Man hätte ein
Fischernetz daraus machen können.
»Schere!«, sagt Mama.
Millie holt die Schere. Mama macht
schnippschnapp. Das schreckliche
Gewurschtel darf Millie in den Abfall-
eimer werfen. Und dann fangen Mama
und Millie noch einmal von vorne an.
Beim Häkeln muss man sieben Dinge auf
einmal machen.
*Erstens*: Faden über den Zeigefinger
führen.
*Zweitens*: Faden mit zwei Fingern auf die
Handfläche drücken.

*Drittens*: Luftschlange mit Daumen und Mittelfinger festhalten. Drei Dinge ganz allein mit einer Hand!
Die andere Hand ist auch nicht faul.
*Viertens*: Häkelhaken schieben.
*Fünftens*: Haken durch eine Masche stecken.
*Sechstens*: Faden angeln.
*Siebtens*: Häkelhaken ziehen und drehen. Das alles ist schon bei der ersten Reihe zu beachten. Und wenn man bei der zweiten Reihe ist, wird es noch schlimmer. Was man beim Häkeln nicht machen darf: Sich auf die Zunge beißen. Das ist gar nicht so einfach. Weil die Zunge nämlich immer die Bewegung des Häkelhakens nachmachen will, wenn man nicht aufpasst.
Ab Reihe drei geht es plötzlich besser. Der Faden versucht nicht mehr, aus Millies Fingern zu entwischen. Der Häkelhaken ist nicht mehr so groß wie ein Balken. Und der Topflappen wächst. Eine Hand kann sich an ihm festhalten.

Mama sagt: »Wir haben uns früher sogar
Pantoffeln gehäkelt. Die schmiegten
sich eng um die Füße. Und man konnte
damit wunderbar durch die Wohnung
schlittern.«
»Oh, ja«, ruft Millie. »Wenn der Topf-
lappen fertig ist, dann häkel ich mir
Pantoffeln.«
Millie ist jetzt nämlich schon bei Reihe
sechs. »Oder ich häkel sogar Pantoffeln
für dich, Mamilein, oder für Papi.«
»Das wäre aber fein, Millie«, sagt Mama.
Langsam tun Millie die Hände weh.
Lange hält man Häkeln aber nicht aus!
Auch wenn man es inzwischen schon
prima kann.
»Vielleicht häkel ich doch lieber
Pantoffeln für Trudel, Mami. Papi hat
schon so alte und riesige Füße. Und deine
sind auch ziemlich groß. Trudel hat
kleinere Füße.«
»Das ist in Ordnung, Millie«, sagt Mama.
Oder Millie wird Pantoffeln für ihre

Puppe häkeln, für Miss Mandarella oder
für die doofe Lillabetta.
Vielleicht reicht ja auch schon einer?

# Sahnebonbons

Papa geht am nächsten Tag mit zur Schule. Na, hoffentlich hat Millie sich das mit dem Uhu nicht nur ausgedacht!

Nein! Da ist er! Der Uhu. Er hat sich wieder mitten in die Tür gestellt, sobald er Millie gesehen hat. Ist denn das zu fassen!

Millie will gar nicht mehr weitergehen. Es verschlägt ihr den Atem.

»Ist er das?«, fragt Papa.

Millie nickt.

»Ist aber ein hübscher Kerl«, sagt Papa.

Hach. Papa!

Der Uhu lässt die Schüler einen nach dem anderen durch. Immer dieselbe Masche! Der Uhu hat also viel zu tun. Seinen Arm bewegt er wie eine Schranke. Er schaut

die Kinder nicht an. Nur Millie. Er wird
sie nicht durchlassen!

Recht hat Millie. Sein Arm hat sich wie
die Schranke vor einem Parkhaus gesenkt.
Der ganze Kerl versperrt den Weg. Millie
schaut sich nach Papa um.

»Na«, sagt Papa zum Uhu. »Lässt du uns
nicht durch?«

»Doch«, sagt der Uhu, aber da Millie vor
Papa steht und als Erste durch die Tür
müsste, rührt er sich nicht.

»Und warum versperrst du den Kindern
den Weg?«, will Papa wissen.

»Tu ich ja gar nicht«, sagt der Uhu.

»Aber du lässt Millie nicht durch.«

»Millie?«, fragt der Uhu.

»Ja«, sagt Papa. »Millie ist meine Tochter.«
Er fasst Millie bei den Schultern, als führe
er sie vor.

»Oh«, sagt der Uhu. Er fängt an rot zu
werden. Es beginnt bei den Ohren und
breitet sich über das ganze Gesicht aus.

»Hat Millie dir was getan?«, fragt Papa.

Der Uhu schüttelt den Kopf. Er gibt
den Weg frei, aber Papa bleibt stehen
und die anderen Schüler drängen sich
durch.

»Kannst du Millie nicht leiden?«, fragt
Papa.

Muss Papa solche komischen Fragen
stellen?

Der Uhu blickt zu Boden, als ob er sich
schämt. Sein Gesicht ist rot geblieben.
Wenn Papa auch so in ihm rumbohrt!

»Hör mal«, sagt Papa. »Ich kann Millie
nicht jeden Tag zur Schule bringen. Ich
will nur, dass sie keine Angst mehr vor dir
haben muss.«

Der Uhu sieht ganz erschrocken hoch.

»Du siehst doch aus wie ein netter Kerl«,
sagt Papa. »Also versprich mir, dass du
Millie in Zukunft in Ruhe lässt.«

Der Uhu nickt. Er sieht Millie kurz an.
Aber sein Gesicht ist immer noch
verlegen. Als ob er bei etwas Schlimmem
erwischt worden wäre.

»Ich verlass mich auf dich«, sagt Papa und
hält dem Uhu die Hand hin.
Auch das noch!
Der Uhu schlägt tatsächlich ein.
»Und wenn jemand auf dem Schulhof
Millie ärgern will, dann könntest du ihr
doch helfen.«
Der Uhu nickt heftig mit dem Kopf.
»Klar«, sagt er. Dann scheint er ganz
erleichtert zu sein und springt davon.
Millie ist auch froh, dass die Sache mit
dem Uhu überstanden ist. Aber wieso hat
sie das nicht alleine hinbekommen?
»Alles klar?«, will Papa von Millie wissen.
Millie nickt. Papa knallt ihr einen seiner
Stempelküsse auf die Stirn. Papas Knall-
küsse machen einen stark.
In den letzten Tagen haben einige Kinder
gefehlt. Frau Heimchen sagt, sie seien
krank gewesen. Wegen der Viren?
Die Kinder müssen sich vorne aufstellen,
weil sie einzeln von Frau Heimchen
begrüßt werden.

»Herzlich willkommen«, sagt Frau Heimchen. »Wir sind alle froh, dass ihr wieder gesund seid.«

Das mit dem Kranksein ist gelogen. Millie war nicht krank. Aber vielleicht ist lügen manchmal gesund.

Millie hat vorsichtshalber ihr Mutti-Heft mit nach vorne gebracht. Mama hat inzwischen alles gelesen und unterschrieben. Millie hat nichts mehr zu verbergen.

Frau Heimchen begrüßt zuerst die beiden anderen Schüler. Jeden Einzelnen mit Handschlag. Und sie erklärt, was sie alles in den letzten Tagen gelernt haben:

PAKET, MASERN, SUPPE und LIKÖR.

Na und?

5 plus 3 gleich 8.

3 plus 6 gleich 9.

Na und?

Kucki und Mario sind sogar mit ihren Topflappen fertig geworden. Sie häkeln schon den zweiten Lappen.

Na und?
Millie langweilt sich. Es kitzelt ihr in der Nase. Ist da ein Fussel drin? Oder vielleicht sogar ein Popel?
Millie muss dringend in der Nase pulen. Sie bekommt gar nicht mehr mit, was um sie herum vorgeht.
»Millie!«
»Millie!!!«
Huch. Millie war ganz woanders.
»Millie!«, sagt Frau Heimchen.
»Eigentlich wollte ich dir ja zum Herzlich-Willkommen auch die Hand geben. Aber nun musst du dir erst einmal die Hände waschen. Und zwar draußen auf dem Schulhof. Neben der Eingangstür findest du einen Wasserhahn.«
Millie knallt das Mutti-Heft auf ihren Tisch. Dem Heft macht es nichts aus, dass sie es mit ihrem Nasebohrfinger angefasst hat. Frau Heimchen stellt sich vielleicht an! Millie verlässt den Klassenraum mit hoch erhobenem Kopf. Sie läuft durch den

langen Flur. Keine Menschenseele ist zu
sehen.
Das Portal steht halb offen. Millie geht
hinaus.
Ja, da ist der Wasserhahn. Er ist ziemlich
weit unten am Schulhaus angebracht. In
Kniehöhe. Der Wasserhahn leuchtet
golden.
Der Hahn ist gar nicht aufzukriegen.
Millie probiert es mit beiden Händen.
Sie beugt sich tief runter.
Nichts zu machen.
Plötzlich ist eine Stimme hinter ihr. Millie
fährt zusammen.
»Soll ich dir helfen?«, fragt die Stimme.
Millie schießt hoch.
Der Uhu!
Du meine Güte. Sie allein mit dem Uhu
auf dem weiten Schulhof. Millie würde
am liebsten im Boden versinken. Aber
der Uhu hat sich sehr verändert. Was ist
denn passiert? Nur weil Papa ihn einmal
angemotzt hat?

Der Uhu versucht nun ebenfalls mit aller
Macht, den Hahn aufzudrehen. Aber
auch er schafft es nicht, obwohl er stöhnt
und seine Knöchel an den Händen vor
Anstrengung ganz weiß werden.
Der Uhu zuckt mit den Schultern. Dann
zieht er ein riesig langes Sahnebonbon
mit Kuh auf dem Einwickelpapier aus der
Hosentasche. »Willst du?«, fragt er.
»Nee«, sagt Millie. »Ich hab doch jetzt
Unterricht.«
»Ich nicht«, sagt der Uhu. »Erst nächste
Stunde.« Er wickelt das Bonbon aus und
bietet es noch einmal Millie an.
Millie schüttelt den Kopf. Sie weiß nichts
mehr zu sagen. Der Uhu wird doch nicht
wegen Millie immer extra früh zur Schule
gehen? Das wäre doch verrückt.
Der Uhu schiebt sich das ausgewickelte
Sahnebonbon in den Mund. Seine Backe
beult sich aus.
»Was machst du eigentlich hier?«, fragt er.
Das wird Millie ihm auf keinen Fall sagen.

Sie stapft los und schafft es, ohne sich
umzudrehen zurück ins Schulhaus zu
gehen. Sie hat vor dem Uhu keine Angst
mehr.

Der Flur ist schrecklich lang. Ihre Schritte
tappen und knirschen auf dem glänzenden
Fußboden.

Wenn Frau Heimchen Millie fragen sollte,
ob sie sich die Hände gewaschen hat,
dann wird sie lügen. Frau Heimchen ist ja
auch nicht ohne. Vorhin hat sie auch nicht
die Wahrheit gesagt. Und bohrt sie nie in
der Nase?

Aber Frau Heimchen fragt nicht. Sie lässt
die Kinder schon rechnen.

»9 minus 3?«, fragt sie.
Millie guckt sich ihre ungewaschenen
Hände an und rechnet mit den Fingern.
»Millie?«, fragt Frau Heimchen.
»9 minus 3 gleich 6«, sagt Millie. Ob die
Finger sauber oder dreckig sind: Solange
man damit richtig rechnen kann, ist das
doch egal.

Zum Glück gibt es in der Schule immer
Pausen. In der Pause darf man quatschen,
so viel man will.
Millie und Kucki gehen untergehakt
über den Schulhof. Millie hat vielleicht
viel zu erzählen! Wie sie und Trudel
Friseur gespielt haben. Wie Millie beinahe
für Papa Pantoffeln gehäkelt hat. Wie
Papa mit dem Uhu fertig geworden
ist.
Erzähl mal! Erzähl mal! Kucki will alles
ganz genau wissen. Sie sehen gar nicht,
was um sie herum passiert.
Gus und Wulle haben sich ihnen in den

Weg gestellt. Gus steht mehr im Weg als
Wulle. Das haben sie extra gemacht.
Wumm!
»Ihr Blödmänner!«, sagt Millie.
»Ihr doofen Ziegen!«, sagt Gus.
Da kommt der Uhu. Er baut sich vor Gus
und Wulle auf. Wulle geht schon von
selber zur Seite.
»Ist was?«, fragt der Uhu und wendet sich
Millie zu. »Hat er dir was getan?« Er
macht eine kurze Kopfbewegung hin zu
Gus.
»Ist ja schon gut«, sagt Gus und hebt
seine Hände hoch. Zu Millie sagt er:
»Ausgerechnet von dem lässt du dir helfen!
Der ist schon in der vierten Klasse!«
Und Wulle jammert: »Immer auf die
Kleinen!« Dann laufen beide in einer
großen Kurve um Millie herum.
Der Uhu fährt mit seiner Hand in die
Hosentasche und bietet Millie schon
wieder ein Sahnebonbon an. Millie
bleibt gar nichts anderes übrig als es

anzunehmen. Sonst hört der Uhu ja nie
damit auf.

Endlich können Millie und Kucki weitergehen.

»Weißt du was?«, fragt Kucki.

»Was denn?«, sagt Millie.

»Der Uhu ist in dich verknallt«, sagt
Kucki.

»Ach, du spinnst ja«, sagt Millie.

»Doch«, sagt Kucki. »Bestimmt. Ich kann
das auch beweisen.«

»Ja?«, fragt Millie. »Wie denn?«

»Er hat ja nur dir ein Bonbon gegeben«,
sagt Kucki. »Das tut man nur, wenn man
in jemanden verknallt ist.«

»Du spinnst ja«, sagt Millie wieder. »Und
was war bis gestern? Warum hat er mich
so geärgert?«

»Weil er in dich verknallt ist«, sagt Kucki.

»Jungen ärgern einen dann immer.«

»Woher willst du das wissen?«, fragt
Millie.

»Das ist so«, sagt Kucki.

»Aber Gus ärgert mich auch immer«,
meint Millie. »Vielleicht ist er auch in
dich verknallt.«
»Nee«, sagt Millie. »Bestimmt nicht.«
»Oder er ist ein Blödmann«, sagt Kucki.
So wird es sein. Millie seufzt einmal tief
auf und verdreht die Augen. »Weißt du
was?«, fragt sie.
»Was?«, sagt Kucki.
»Ich kann Jungs irgendwie nicht
ausstehen«, sagt Millie. »Ich versteh sie
nicht. Verstehst du Jungs?«
»Nee«, sagt Kucki und schaut auf das
lange Sahnebonbon in Millies Hand.
»Isst du das etwa nicht?«
»Ich weiß nicht«, sagt Millie. »Soll ich?«
»Halbe-halbe«, sagt Kucki, nimmt es und
bricht es mittendurch.
Das ist in Ordnung so.

# Ein Glückstag

Inzwischen kann Millie schon solche
schweren Sätze schreiben wie PETER
PUTZT SICH DIE ZÄHNE und
DIE MUTTER SCHNEIDET DAS
GEMÜSE.
Frau Heimchen hat sich an ihre Klasse
gewöhnt. Sie kennt die Namen der Kinder
bestimmt schon im Schlaf und sie weiß,
was an jedem Kind besonders ist:
*Kucki ist gut in Handarbeiten. Sie sollte
Rechnen üben.*
*Daniel stört ständig den Unterricht.*
*Bille hat eine schöne Singstimme.*
*Millie ist eine große Schwätzerin. Aber sie
kann gut lesen.*
Frau Heimchen möchte wissen, was an der
Schule besser oder schöner sein könnte.

Sie sagt, auch Lehrer müssen lernen
können.
Prima!
»Wir könnten Bilder an die Wände
hängen«, sagt Kucki. Den Vorschlag
findet Frau Heimchen gut. Die Kinder
malen ihren Banknachbarn. Millie malt
Kucki heute mit braunen, glatten Haaren,
dicken Backen und Schweinsäugchen.
Kucki malt Millie mit einem Schwubbel
auf dem Kopf, einem roten Haarband und
viel zu großen Ohren. Millie ist doch kein
Elefant. Sie hat keine Segelohren!
Und wer malt Frau Heimchen?
Niemand ist für Frau Heimchen
zuständig. Deshalb wird ein Foto von der
Lehrerin an die Wand gepappt.
»Wir könnten, bevor wir nach Hause
gehen, immer die Klasse aufräumen.« Das
ist der Verbesserungsvorschlag von Bille.
Millie findet alle Anregungen doof. Sie
haben immer mit Arbeit zu tun. Aber
dadurch wird es doch nicht besser.

Endlich ist Millie an der Reihe einen
Vorschlag zu machen. Sie hat sich was
Tolles ausgedacht: einen Gutschein für
einen freien Schultag.
»Samstag, Sonntag und in den Ferien gibt
es doch schulfrei«, sagt Frau Heimchen.
»Und einen Tag extra«, sagt Millie. »Jeder
kann sich seinen Lieblingstag aussuchen.«

»Das geht nicht, Millie«, sagt Frau Heimchen.

»Warum nicht?«, fragt Millie. »Sie brauchen es nur zu sagen.«

»Wenn ich es sage, nützt das wenig«, meint Frau Heimchen.

»Doch, doch, doch«, sagt Millie. »Wir gehorchen Ihnen ja.«

»Ach, Millie«, sagt Frau Heimchen mit so einem jammernden Unterton. »Das glaubst doch nur du.«

»Ich tu immer, was Sie sagen«, sagt Millie.

»Also sagen Sie schon: Ihr bekommt einen freien Tag extra.«

»Ich habe keine Befugnis«, sagt Frau Heimchen.

»Was ist das?«, fragt Millie.

»Ich habe nichts zu sagen«, sagt Frau Heimchen. »Das habe ich doch schon gesagt.«

Sie sagt, sie sagt nicht, sie sagt doch, sie kann nichts sagen … Wer findet da noch durch?

»Und diese Befugnis …«, sagt Millie.
»Wer hat denn hier was zu sagen? Meine
Mama? Die kann dann meinen Lieblings-
tag ins Mutti-Heft schreiben. Oder die
Rektorin? Hat die was zu sagen?«
»Die auch nicht«, sagt Frau Heimchen.
»Vielleicht … der Herr Minister.«
»Dann schreiben wir eben alle einen Brief
an den Minister«, schlägt Millie vor. »Er
soll uns einen Gutschein schicken.«
»Fein«, sagt Frau Heimchen. »Der
Vorschlag ist angenommen. Alle Kinder
schreiben bis Montag als Hausaufgabe
einen Brief an den Minister.«
»Poooh«, sagt Kucki. »Das ist vielleicht
viel Arbeit!«
»Bedankt euch bei Millie«, sagt Frau
Heimchen. »Die ist schließlich auf die
Idee gekommen.«
»Du bist vielleicht doof, Millie«, sagen die
Kinder. »Ja, ganz schön blöd.«
Millie zieht ihren Kopf ein. So hat sie sich
das ja auch nicht vorgestellt.

Zum Briefschreiben haben sie aber ein
paar Tage Zeit. Zwischendurch gibt es ja
auch was anderes zu tun. Millie geht gern
mit Mama einkaufen. In den Regalen
stehen lauter Sachen, auf denen was
Interessantes geschrieben steht:
Sahne-Joghurt: Lecker, mild und fruchtig
Mehr Schokolade, mehr Gutes, mehr
Freude am Leben
Milchgebäck mit Schokotropfen,
Rosinchen und Karamell-Schlick-Schlack
Riesiger Raspelriegel für pfundige
Feinschmecker ,
Und Millie liest wie der Teufel. Nicht wie
der Fehlerteufel. Der ist
nämlich mit der Zeit
immer kleiner geworden.
Millie liest wie ein
richtiger Teufel, schnell
wie eine Feuerwerksrakete
und fließend wie ein
Wasserfall.
Nachdem sie im Lebens-

mittelladen eingekauft haben, machen sie
heute einen Spaziergang durch die Stadt.
Mama möchte ein bisschen bummeln.
Millie fasst mit der Hand an Trudels
Kinderkarre und lässt sich mitziehen.
Da kann man träumen und muss nicht
aufpassen.
Mama läuft den ganzen Nachmittag mit
ihnen durch die Stadt. Trudel bekommt
ein rotes Käppi und in einem Porzellan-
laden, wo sie sich nicht rühren dürfen,
kauft Mama noch ein Kartoffelschäl-
messer.
Die Füße tun vielleicht weh!
Wenn man den ganzen Tag lang durch die
Stadt läuft, tun aber nicht nur die Füße
weh. Man bekommt auch einen schreck-
lich großen Hunger. Man muss Pommes
mit Ketchup essen.
Millie hat auch einen Riesendurst.
Weil es draußen kalt ist, schmecken
Pommes mit Ketchup am besten mit
heißem Kakao. Mama weiß das. Sie

bestellt zwei Becher davon und für sich
einen mit Kaffee.
In dem Pommesladen gibt es eine Menge
umsonst. Man kann sich so viele
Servietten nehmen, wie man will. Mama
bekommt auch so viel Zucker für den
Kaffee, wie sie möchte. Und Millie und
Trudel nehmen natürlich auch so viel
Zucker für den Kakao, wie sie wollen.
Mama guckt zwar komisch, aber im
Pommesladen ist sie immer anders als
zu Hause. Hier ist Mama nämlich lieb.
Millie darf auch einen Schluck aus Mamas
Becher probieren, obwohl eigentlich nur
große Leute Kaffee trinken dürfen.
Kaffee ist baaahhh.
Millie und die Schwester bekommen von
der Pommestante Fähnchen geschenkt.
Jede eins! Sie dürfen auch zwei Fähnchen
nehmen. Wenn sie wollte, könnte Millie
bestimmt noch mehr bekommen. Drei,
vier, fünf oder sieben. Heute sind alle
Leute nett. Heute ist ihr Glückstag.

Millie isst eine große Portion Pommes und die Schwester eine kleine. Weil Trudel sich fürchterlich mit Ketchup beschmiert hat, soll Millie noch ein paar von den weißen Servietten holen. Das Loch im Tisch, in dem sonst ein Berg Servietten liegt, sieht aber aus wie ein leerer Mülleimer.

Millie muss betteln gehen. »Hast du noch weißes Papier für Ketchup?«, fragt sie die Pommestante. Die sieht lustig aus. Sie hat ein Hütchen auf dem Kopf, das eigentlich ein gefaltetes Papierboot ist.

Die Tante weiß genau, was Millie meint. Sie gibt ihr eine Hand voll Servietten. Und noch was. Ein Stück Pappe mit bunten Kästchen drauf.

Was ist denn das?

Mama guckt sich die Pappe an. »Das ist ein Gewinnspiel«, sagt sie.

»Gewinnspiel?«, fragt Millie. »Kann man da was gewinnen? Und was muss man machen?«

»Es ist ein Rätsel«, erklärt Mama. »In die
bunten Kästchen muss man die Lösungs-
wörter schreiben.«
Millie kann schon schreiben!
Was soll sie schreiben?
Millie liest: »Wasservogel.«
Ja, was ist ein Wasservogel?
»Überleg mal, Millie«, sagt Mama.
»Ein Vogel, der auch schwimmen
kann. Er muss vier Buchstaben haben,
damit das Wort in die vier Kästchen
passt.«
»Ente«, sagt Millie.
Ach, so geht das.
Sommerblume mit vier Buchstaben?
Rose!
Kleidungsstück mit vier Buchstaben?
Hose!
»Das ist ja pickepackeleicht«, sagt Millie.
»Und was kann man gewinnen?«
»Man kann Bälle gewinnen und
Gummimäuse und einen Kassetten-
rekorder«, sagt Mama.

»Für Kassetten?«, fragt Millie. »Für Geschichten zum Hören?«

Gus hat einen Kassettenrekorder, mit dem man Geschichten hören kann. Winnie Wonneproppen und so.

»Ja, man kann damit auch Geschichten hören«, sagt Mama. »Ich glaube schon. Und selber was aufnehmen.«

»Ich will den Kassettenrekorder gewinnen«, sagt Millie und setzt sich ganz bequem hin.

»Den Kassettenrekorder gibt's nur einmal«, sagt Mama.

»Den will ich gewinnen«, sagt Millie.

»Den wollen alle gewinnen«, sagt Mama.

»Gus hat einen geschenkt bekommen«, sagt Millie.

Mama sagt nichts mehr. Sie zuckt nur mit den Schultern.

»Hast du einen Bleistift dabei?«, fragt Millie.

Mama hat immer alles dabei: Bleistift,

Taschentücher, große Pflaster und kleine
Bonbons.
Millie malt schöne, gut leserliche
Buchstaben in die Kästchen. Von Frau
Heimchen hätte sie dafür Sternchen,
Sternchen, Sternchen bekommen. Dann
gibt Millie die Rätselpappe bei der Tante
mit dem Papierboothütchen ab.
»Möchtest du noch ein Fähnchen?«, fragt
die Tante.
»Ich will den Kassettenrekorder«, sagt
Millie. »Fähnchen hab ich schon.«
Draußen erzählt Mama Millie, dass sie
bestimmt nichts gewinnen wird. Gar
nichts. Nicht mal eine von den Gummi-
mäusen.
Ach, Mama.
»Will ich auch gar nicht«, sagt Millie.
»Ich will keine Maus. Ich will nur den
Kassettenrekorder gewinnen.«
Auf dem Weg nach Hause kommen sie an
der Musikschule vorbei. Millie soll
unbedingt Flötenunterricht nehmen.

»Und später Klavier oder Gitarre lernen«,
hat Mama gesagt. Klavier ist in Ordnung.
Das muss man nicht immer mit sich rum-
schleppen wie eine Flöte oder die Gitarre.
Mama will Millie heute zur Flötengruppe
anmelden.
»Ich geh aber nur rein, wenn Mädchen
dabei sind«, sagt Millie.
»Was hast du gegen Jungs?«, fragt
Mama.
»Lass mich bloß mit Jungs in Ruhe«,
sagt Millie.
Oben in der Musikschule wird gepiepst
und gedudelt.
Sie gehen die Treppe hoch und sie
kommen nur langsam voran, weil Trudel
sich nicht auf den Arm nehmen lässt. Sie
muss unbedingt selber laufen. Sie denkt,
dass Treppensteigen schon was ganz
Tolles ist!
Millie geht noch langsamer als Trudel.
Mama sagt: »Millie, da sind bestimmt nur
Mädchen drin. Ich kann mir nicht

vorstellen, dass Jungs Flöte spielen. Also,
mach dir keine Sorgen.«
Wenn Mama das so sagt!
Nun sind sie oben angelangt. Hohe
Flötentöne hören sich so an, als ob ein
Schwein geschlachtet wird!
Mama öffnet die Tür zum Quietschraum.
Und was sehen sie da?
Vorne steht eine Flötenlehrerin, na klar,
aber sonst sitzen dort bloß Jungs rum
und nur ein einziges Mädchen, das Millie
auf Anhieb nicht ausstehen kann.
Mama schaut Millie an und weiß gleich,
dass Millie da nicht mitmacht, nee, da ist
nichts zu machen.
Die Lehrerin fragt Millie: »Na, möchtest
du auch Flöte mit uns spielen?«
Und Millie schüttelt den Kopf und sagt:
»Nein, danke. Ich spiel später Klavier.«

# Lieber Herr Minister

Draußen, an der Mauer zum Eingang des Schulhofes, wo es rechts zum Kindergarten geht, hat sich ein Fotograf breit gemacht. Er hat ein weißes Bettlaken über die Mauer geworfen und Efeuranken aus Plastik drübergehängt. Es sieht toll aus. Der Fotograf hat einen Hocker vor die weiße Wand gestellt. Wer will, darf sich knipsen lassen.
Alle wollen sich knipsen lassen.
Der Fotograf wird es sicherlich nicht schaffen, die ganze Meute bis zum Klingeln zu knipsen. Aber Millie möchte trotzdem fotografiert werden. Es ist fünf vor acht. Sie trampelt von einem Fuß auf den anderen. Kann der Fotograf nicht schneller machen?

Noch zwei Kinder sind vor Millie dran.

Noch eins.

Da schellt es. Acht Uhr. Allerhöchste Eisenbahn.

Endlich kommt Millie an die Reihe. Sie nimmt auf dem Hocker Platz und setzt ihr schönstes Lächeln auf.

Klick. Klack.

Nun braucht der Fotograf noch ihre Adresse. Auch das dauert.

Es ist ungefähr zehn Minuten nach acht, als Millie die Klasse betritt. Andere Kinder sind auch zu spät gekommen, und Daniel stapft sogar erst dreizehn Minuten nach acht in den Klassenraum. Frau Heimchen hat sich alles auf die Minute genau gemerkt. Sie stemmt die Arme in die Hüften.

Frau Heimchen macht nicht viel Federlesens. Alle, die zu spät gekommen sind, werden heute Mittag zehn Minuten nachsitzen. Und einen Eintrag ins Mutti-Heft gibt es auch. Die Kinder, die es

erwischt hat, prusten vor Lachen. Es ist
nicht so schlimm nachzusitzen, wenn es
so viele getroffen hat. Es ist fast eine
Auszeichnung, dabei zu sein.
Und nun müssen die Kinder ihre Briefe
an den Herrn Minister vorlesen.
Einige lesen gern vor.
Millie glüht direkt vorlesen zu dürfen,
aber noch ist sie nicht dran.
Was da aber auch alles in den Briefen
steht!
*Bau uns bitte ein Schwimmbad in die
Schule.*
*Lieber Minister, schick uns nur schöne
Lehrerinnen mit langen Haaren.*
Da guckt Frau Heimchen aber blöd!
Alle Kinder versichern ihr, dass sie schön
genug ist. Aber ihre Haare sollte sie noch
ein Stückchen wachsen lassen. Bis zum
Hintern.
Was schlagen die Kinder noch vor?
*Wir hätten gerne Gardinen vor den
Fenstern.*

*Lieber Herr Minister, kauf uns doch bitte
einen Fernsehapparat. Wir wollen den
Kinderkanal gucken.*
Endlich kommt Millie an die Reihe.
Sie weiß, dass man zu dem Herrn
Minister nicht du sagt. Nicht mal zu
Frau Heimchen sagt man du.
*Lieber Herr Minister,* schreibt Millie.
*Ich hatte nie gedacht, dass Schule so ist.
Ich hatte gedacht, dass Schule anders ist.
Ich hatte gedacht, nur lernen, lernen,
lernen. Aber manchmal ist auch Spaß
dabei. Unsere Lehrerin ist oke. Sie kennen
sie. Frau Heimchen. Wir können schon
lesen und schreiben und rechnen.
Topflappen häkeln. Wir sind fleißig. Das
glauben Sie doch. Zur Belohnung: ein
Gutschein für einen freien Tag. Sie sind der
Boss.
Ich heiße Millie und bin schon fast sieben
Jahre alt. Mein Hund heißt King und
meine Schwester Trudel. King ist aber nicht
richtig mein Hund.*

Alle finden Millies Brief gut. Nichts dran
auszusetzen.

Frau Heimchen hat einen großen
Umschlag mitgebracht. In den packen sie
die Briefe. Vorne steht drauf: An Herrn
Kultusminister. Kultus, erklärt Frau Heimchen, kommt von Kultur und Kultur ist
schwierig zu erklären: Wie man miteinan-
der umgeht, dass man Manieren hat, dass
man die Geschichten von Opa und Oma
nicht vergisst, dass man einen guten
Eindruck macht, auch durch Bildermalen
und Geschichtenschreiben und indem
man in die Schule geht.

Nun hoffen alle, dass der Minister
antwortet.

Aber auch wenn er nicht antwortet, weiß
er wenigstens, was die Schüler denken.

Endlich haben sie Pause.
Kucki hat ein elastisches Band mitgebracht fürs Gummi-Hüpfen. Fürs
Gummi-Hüpfen muss man mindestens zu
dritt sein. Zwei halten das Gummi mit
den Beinen und einer springt. Heute sind
sie viele. Alle kommen abwechselnd dran
und weil man zwischendurch warten
muss, hat man Zeit sein Butterbrot zu
essen.
Gerade als Millie ihren letzten Happen
hinuntergeschluckt hat und sich zum
Hüpfen bereitmacht, kommt der Uhu
angeschlichen.
Millie verdreht die Augen.
Kucki verdreht ihre Augen.
Der Uhu will was von Millie. Er will
immer nur was von Millie.
Der Uhu nervt.
»Gib mir mal einen Kuss«, fordert er.
»Du hast sie doch nicht alle«, sagt
Millie.
Die Kinder hören auf über das Gummiseil

zu hüpfen und stellen sich um Millie und
den Uhu herum.

Der Uhu grinst und lacht gleichzeitig.
Komisch, wie er das schafft. Mit dem
Mund grinst er und mit den Augen lacht
er.

»Gib mir mal einen Kuss«, sagt er schon
wieder.

»Warum denn?«, fragt Millie.

»Weil ich heute Geburtstag hab«, sagt der
Uhu.

»Na und?«, sagt Millie.

»Dann bekomm ich ein Geschenk von
dir«, sagt der Uhu.

»Du spinnst doch«, sagt Millie.

»Einen Kuss!«, sagt der Uhu und hält
Millie die Backe hin. Inzwischen haben
sich sogar die größeren Kinder um Millie
und den Uhu gedrängt. Einige johlen.
Das ist Millie vielleicht peinlich!

Gus und Wulle kriegen natürlich auch
alles mit.

Gus ruft: »Millie hat einen Freund.«

»Hör auf!«, schreit Millie. »Ich hab nur
eine Freundin!«
Gus hört nicht auf herumzubrüllen.
»Millie hat einen Freund. Sie küssen sich
sogar.«
»Gar nicht wahr!«, schreit Millie. »Hör
bloß auf, du alter Blödmann!«
»Millie hat einen Freuheund, Millie hat
einen Freuheund«, singt Gus.
»Gar nicht!« Millie brüllt sich fast die
Lunge aus dem Leib. »Nicht mal du bist
mein Freund, wenn du so doof bist.«
Der Uhu lässt auch nicht locker. »Ich will
ja nur einen Kuss zum Geburtstag«, sagt
er zu Millie. »Ich will gar nicht dein
Freund sein.«
»Wie alt bist du denn geworden?«, fragt
Millie.
»Neun«, sagt der Uhu.
»Du bist viel zu alt für mich«, sagt Millie.
»Dann könnte ich ja gleich einen Opa
küssen.«
Die Kinder lachen den Uhu aus und

schon ist die Pause zu Ende. Gerade
nochmal gut gegangen!
Das Nachsitzen mittags ist gar nicht
so schlimm. Frau Heimchen liest ein
Gedicht vor und sie lernen es schnell
auswendig.


*Huhn und Hahn und 13 Gänse
fahren einmal Karussell.
Huhn sitzt auf dem Schaukelpferdchen
und dem Hahn geht's viel zu schnell.*

*Eine Gans macht Purzelbäume
mitten in der Feuerwehr.
Mit dem Fuß schlägt sie die Glocke.
Mit dem Schnabel freut sie's sehr.*

*Gänschen Nummer acht und neune
fahren Tandem, das nur kreist.
Sind im Kopf so durcheinander,
dass die Gans nicht Gans mehr heißt.*

Fertig. Jetzt können sie das Gedicht. Nachsitzen hat Spaß gemacht. Dürfen sie jetzt nach Hause? Zehn Minuten sind doch längst um!
Es regnet. Die Sonnenkäfer haben sich auf die Unterseite der Rosenblätter verzogen. Oder sind sie schon ausgestorben? Wie die Dinosaurier? Vielleicht … weil es Winter wird?
Millie läuft langsam nach Hause. Es ist sehr interessant zu sehen, wie man nass wird, und zu fühlen, wie die Bächlein an einem runterrollen und die Ponyfransen und der Schwubbel am Hinterkopf kleben bleiben.
Mama hat schon auf Millie gewartet. »Wo kommst du denn jetzt erst her? Du bist ja ganz nass? Ich habe mir schon Sorgen

gemacht! Und das Essen ist inzwischen auch kalt geworden!«
Ist doch nicht so schlimm, Mama.
Millie wird erst mal von Mama und Trudel mit einem trockenen Handtuch tüchtig abgerubbelt, damit sie sich nicht erkältet.
Und dann muss Millie erzählen. Vom Fotografen, von dem Brief an den Herrn Minister und von Huhn und Hahn und 13 Gänsen. Vom Kuss für den Uhu erzählt sie nichts. Sie hat ihn ja auch nicht geküsst. Und das war sowieso privat.
»Ein Paket ist übrigens für dich gekommen«, sagt Mama.
»Oh«, sagt Millie. »Das ist bestimmt mein Kassettenrekorder.«
»Aber, Millie«, sagt Mama. »Mach dir doch nichts vor. Es wird wer weiß was sein.«
»Nein, nein, nein«, sagt Millie. »Es ist mein Rekorder. Ich wollte doch gewinnen.«

Sie will gleich ins Wohnzimmer stürmen
und das Paket öffnen.

»Erst wird gegessen«, sagt Mama.

»Erst wird das Paket aufgemacht«, sagt
Millie.

»Erst wird gegessen!«, sagt Mama.

Mama kann ja auch mal gewinnen. Also
wird zuerst gegessen.

Die Erbsensuppe, die Mama warm
gemacht hat, blubbert noch vor Hitze wie
ein Vulkan. Millie pustet. Sie bläst extra
stark auf den Löffel, damit es spritzt.

Trudel und sie müssen lachen und Mama
ärgert sich. Es macht Spaß Mama zu
ärgern.

Endlich können sie das Paket aufmachen.

Was hat Millie gesagt?

Ein Kassettenrekorder!

Sie hat aber keine Kassetten. Noch nicht!

Sie wird sich erst mal welche von Gus
ausleihen müssen. Winnie Wonneproppen.

Und Frau Morgenroth kann ihr welche zu
Weihnachten schenken und zum Geburts-

tag. Und sie kann Trudel Kassetten
schenken. Zu Weihnachten und zum
Geburtstag. Und mit einem Rekorder
kann man auch selber aufnehmen. Man
kann Geschichten erzählen. Von drei alten
Damen und einem schönen, grünen,
flachen Krokodil zum Beispiel.
Abends, als Papa da ist, staunt er nicht
schlecht.
»Millie ist ein Glückskind«, sagt er.
Genau. Hat Millie doch gewusst.
Nun klingelt es an der Haustür.
Wer ist denn das?
Der Fotograf.
Ach, du meine Güte. Erst macht Mama
ein Theater und dann macht Papa ein
Theater. Der arme Fotograf weiß gar
nicht, wo ihm der Kopf steht.
Mama und Papa schimpfen ihn aus, weil er
die Kinder vom Unterricht abgehalten hat.
Deshalb musste Millie nachsitzen und
Mama hat sich furchtbare Sorgen gemacht.
Es ist komisch, wenn Erwachsene aus-

geschimpft werden. Aber es ist gut zu
wissen, dass Erwachsene auch was falsch
machen können.
»Entschuldigung«, sagt der Fotograf.
Vielleicht, fällt Millie ein, wird sogar der
Herr Minister an die Klasse schreiben und
sich entschuldigen, dass er bisher noch
nicht an die Gardinen vor den Fenstern
und den Extrafeiertag gedacht hat.
Nun rückt der Fotograf die Fotos raus. Er
hat von dem Bild, auf dem Millie und der
Efeu vor der weißen Wand zu sehen sind,
einen Berg Abzüge mitgebracht. Mama
und Papa müssen nur viel Geld bezahlen.
Die Fotos sind toll. Sie werden an alle
Leute verschenkt, die Millie kennt, Omi
und Opi, Tante Gertrud, Trudel und Frau
Morgenroth.
Also ist das mit dem Foto doch eine gute
Idee gewesen.
»Mach so was aber nicht nochmal, Millie«,
sagt Papa. »Du musst uns fragen, bevor du
dich auf so was einlässt.«

Ist schon klar. Aber wie hätte Millie das
denn heute hinkriegen sollen? Wäre sie
erst heimgelaufen und dann zurück
zum Fotografen, hätte sie noch länger
nachsitzen müssen.
Mama schaut sich das Foto von Millie
lange an.
»Du bist so schrecklich groß geworden«,
sagt Mama.
Was ist denn so schrecklich daran?
»Und obwohl sie lacht, liegt etwas Ernstes
in den Augen«, sagt Papa. »Ja, man kann
richtig sehen, dass die Schule die Kinder
verändert. Die müssen jetzt einfach mehr
aushalten. Sie lernen in der Schule für das
Leben.«
Wenn Millie jetzt wirklich richtig groß ist
und was aushalten muss, dann darf sie
doch bestimmt auch Sachen machen, die
eigentlich nur Große können.
Am Samstag schaut Millie in die Zeitung.
Sie kann nämlich schon ein bisschen
Zeitung lesen. Besonders die Witzseite.

Heute aber guckt sie sich auch den Kinoteil mit den vielen Bildern an. Nur so. Papa döst ein wenig vor sich hin. Er hat gerade im Garten die vergammelten Blätter auf einen Haufen gefegt. Mama liest auch Zeitung, aber nicht den Kinoteil.

»Oh«, sagt Millie und ist ganz aufgeregt. »Im Kino gibt es wieder Bambi.«

»Da warst du doch schon drin«, sagt Mama. »Mehrmals sogar, glaube ich.«

»Nur zweimal«, sagt Millie. »Aber Bambi ist so schön. Da will ich nochmal rein.«

»Kommt gar nicht in Frage«, brummt Papa mit geschlossenen Augen. »Wenn du den Film schon zweimal gesehen hast, dann reicht das ja wohl.«

»Aber ich weiß gar nicht, wie es ausgeht«, heult Millie. Heulen hilft manchmal. Für alles. Auch wenn man schon groß ist.

»Ich kann nichts dafür, dass du so ein schlechtes Gedächtnis hast«, sagt Papa.

»Ich hab den Film aber gar nicht zu Ende
gesehen«, schluchzt Millie nun. »Mama
ist immer vorher mit mir aus dem Kino
gegangen.«
»Wieso denn das?«, fragt Papa und richtet
sich halb auf.
»Ach ja«, sagt Mama. »Ich weiß schon,
wie das war. Bambi ist doch so traurig
und Millie hat es einfach nicht bis zum
Schluss ausgehalten. Sie hat so geweint,
dass ich eher mit ihr rausgehen musste.«
»Aber jetzt halte ich es aus«, sagt Millie.
»Bestimmt, ganz bestimmt.«
»Es ist doch nur rausgeschmissenes Geld«,
sagt Papa und Mama fragt: »Woher willst
du denn wissen, dass du es aushältst,
Millie?«
»Weil ich jetzt schon groß bin«, sagt
Millie.
Mama seufzt.
»Bitte, Mama, bitte«, sagt Millie und holt
ein paar extra laute Schluchzer aus dem
Bauch nach oben.

Es hilft wirklich!

»Na gut«, sagt Mama und schaut auf die Uhr. »Wenn wir uns beeilen, dann schaffen wir es vielleicht noch bis zum Anfang.«

Und wie sie sich beeilen!

Noch nie hat Millie ihre Schuhbänder so schnell zu Schleifen gebunden.

Papa muss auf Trudel aufpassen und Millie hüpft an Mamas Hand den Gehweg hinunter und um zwei, drei Straßenecken herum.

Brrr, ist das kalt draußen. Deswegen wollen alle Leute in das warme Kino.

Alle wollen Bambi sehen.

Mama und Millie haben Glück, dass sie überhaupt noch einen Platz bekommen.

Das Licht im Kinosaal wird langsam dunkler. Gleich geht es los!

Die Leute knistern mit Bonbonpapier.

Millie macht mit. Sie knistert mit ihrer Tüte Kartoffelchips, die Mama ihr kaufen musste.

Mama zischt: »Schschsch.«
Und dann fängt Bambi an.
Millie kennt schon fast den ganzen Film.
Sie zappelt vor Aufregung auf dem Sitz
herum, weil es so spannend ist. Dann
kommt die Stelle, wo der Wald brennt.
O wie schrecklich.
Millie muss Mamas Hand anfassen. Sie
weiß nicht, wie es weitergeht, denn das
hier ist die Stelle, wo sie früher immer mit
Mama hinausgehen musste, weil sie es
nicht ausgehalten hat.
Bambi ist ein furchtbar trauriger Film.
Millie muss Mamas Hand hochnehmen
und ein bisschen in sie reinbeißen. Sie
schlabbert Mamas Hand ganz nass.
Wie schön, dass Mama ihr die Hand
überlässt. So kann Millie den ganzen Film
aushalten. Millie hat es doch gewusst: Sie
ist jetzt groß geworden.
Früher hat Millie gedacht, wenn man nicht
mehr Schnuller lutscht, ist man groß. Und
dann hat sie geglaubt, wenn man

schwimmen kann, ist man groß geworden.
Oder wenn man in die Schule kommt.
Stimmt nicht.
Man ist groß, wenn man Bambi aushalten
kann. Das ist nämlich die Probe!
»Na, Millie«, sagt Mama, als sie wieder
draußen sind. »Wisch dir doch mal die
Tränen ab. Dein Gesicht ist ja noch ganz
nass.«
Ach, das ist doch nur von der Spucke auf
Mamas Hand. Millie hat kaum weinen
müssen. Nur ein kleines, kleines bisschen,
weil Bambi immer so alleine war. Da hat
Millie es viel besser. Papa und Mama
lassen sie nie allein.
Auf dem Rückweg ist Millie gar nicht
mehr traurig und hüpft an Mamas Hand
den ganzen Weg entlang. Es ist wichtig zu
wissen, dass im Leben nach Weinen
Lachen kommt. Das hat Millie heute
gelernt.
Man lernt über das Leben in der Schule,
ja, Papa. Aber auch im Kino.

# Mit Millie auf Reisen

Dagmar Chidolue
**Millie auf Mallorca**
Band 80297

Dagmar Chidolue
**Millie in Paris**
Band 80295

Dagmar Chidolue
**Millie in Italien**
Band 80296

Dagmar Chidolue
**Millie in London**
Band 80366

Fischer Schatzinsel  

# Hunde, Katzen, kleine Glückspilze!

Ein schlauer Kater, der sich als rostroter Waschlappen tarnt, »Galant von Dingsbums«, der flinke kleine Hund von gegenüber, ein Osterhasen-Nikolaus-Vergleich – die Kinder in diesen Geschichten haben nicht nur ein Herz für Tiere, sondern auch jede Menge frecher Einfälle!

Die schönsten »Katzengeschichten«, »Glücksgeschichten« und »Hundegeschichten« von Dagmar Chidolue.

Dagmar Chidolue
**Die schönsten
Erstlesegeschichten
von Dagmar Chidolue**
Band 80714

# Fischer Schatzinsel  

# Gruselspaß vom Feinsten

Schon kurze Zeit, nachdem Max den Job als Gärtnergehilfe im Schlosspark angenommen hat, wird ihm klar, dass es sich um keinen gewöhnlichen Park handelt. Denn dort wimmelt es nur so von magischen Geschöpfen. Zum Glück steht ihm seine beste Freundin Sophie zur Seite und gemeinsam bestehen sie viele Abenteuer ...

Marliese Arold
**Gespensterpark:**
**Die Geheimtür**
**zur Geisterwelt**
Band 80744

Marliese Arold
**Gespensterpark:**
**Der Geheime Rat**
**der Zwölf**
Band 80745

# Fischer Schatzinsel  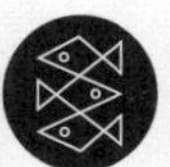

# Im Insel-Internat
# ist immer was los!

Bieniek / Jablonski /
Walder
**Das Insel-Internat
Fünf Mädchen legen los**
Band 80523

Bieniek / Jablonski /
Walder
**Das Insel-Internat
Jungs und andere
fremde Wesen**
Band 80524

Bieniek / Jablonski /
Walder
**Das Insel-Internat
Ran an den Schatz!**
Band 80525

Bieniek / Jablonski /
Walder
**Das Insel-Internat
Die fiese Krise**
Band 80527

# Fischer Schatzinsel

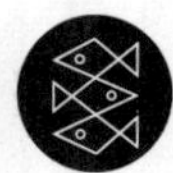

# Bären wachsen nicht
auf Bäumen ...

Der neunjährige Henry ist mit seinen Eltern aufs Land gezogen.
Hier soll die Luft besser sein, aber das ist Henry egal. Er vermisst
seine Freunde und seine Fußballmannschaft. Fußball spielen
die hier auch, aber die Mannschaft, die ihm am besten gefällt,
will ihn nicht aufnehmen. Irgendwie glaubt Henry, dass alles
viel einfacher wäre, wenn er ein Haustier hätte. Und so erfindet
er kurzerhand einen Bären. Als alle Ausreden nicht mehr helfen
und die Kinder aus seiner Klasse schon vor der Haustür stehen,
um endlich den Bären zu sehen, staunt auch Henry nicht
schlecht, als in seinem Garten auf einmal ein Bär herumtapst ...

Angelika Glitz
**Henry und die Sache
mit dem Bären**
Mit farbigen Bildern
von Annette Swoboda
128 Seiten, gebunden

# Fischer Schatzinsel  

fi 85309 / 1

# O Schreck!

Ella Vampirella verreist zum ersten Mal allein, und schon geht alles schief! Das kleine Vampirmädchen kommt nämlich nicht bei seiner Tante an, sondern landet auf einer Burg voller Pfadfinder. Wie soll Ella jetzt bloß unentdeckt bleiben und vor allem – wie entgeht sie dem Sonnenlicht und kommt trotzdem noch rechtzeitig zur großen Geburtstagsparty?

Marliese Arold
**Ella Vampirella**
Mit farbigen Bildern
von Isabelle Metzen
128 Seiten, gebunden

# Fischer Schatzinsel  

fi 85437 / 1

# Mit knurrendem Magen schläft's sich schlecht!

Für die drei kleinen Kobolde Neunauge, Feuerkopf und Siebenpunkt kommt der Winter früher als erwartet. Wo sollen sie jetzt ihre geliebten Ravioli, Äpfel und Kekse herkriegen? Es bleibt ihnen keine Wahl: Um nicht zu verhungern, müssen sie sich in allerlei Abenteuer stürzen. Als sie sich dann noch mit dem »weißen Kobold« anlegen, wird die Lage richtig brenzlig …

Cornelia Funke
**Kein Keks für Kobolde**
Mit Bildern der Autorin
Koloriert von
Yvonne Ziegenhals-Mohr
Band 80982

# Fischer Schatzinsel  

# Die Spatzen pfeifen's
# von den Dächern –
# Liliane Susewind ist da!

Gleich an Lillis erstem Tag in der neuen Schule geht alles schief: Zuerst zieht sie den Hass der fiesesten Mädchenclique auf sich, und dann wird sie auch noch direkt neben einen Hamsterkäfig gesetzt! Dabei wollte Lilli ihr Geheimnis dieses Mal doch besonders gut hüten. Dass sie mit Tieren sprechen kann, hat ihr bisher nämlich nur Ärger eingebracht! Doch dann braucht die Elefantin Marta dringend Lillis Hilfe …

Tanya Stewner
**Liliane Susewind**
Mit Elefanten
spricht man nicht!
Mit Bildern von
Eva Schöffmann-Davidov
176 Seiten, gebunden

# Fischer Schatzinsel

fi 85239 / 1